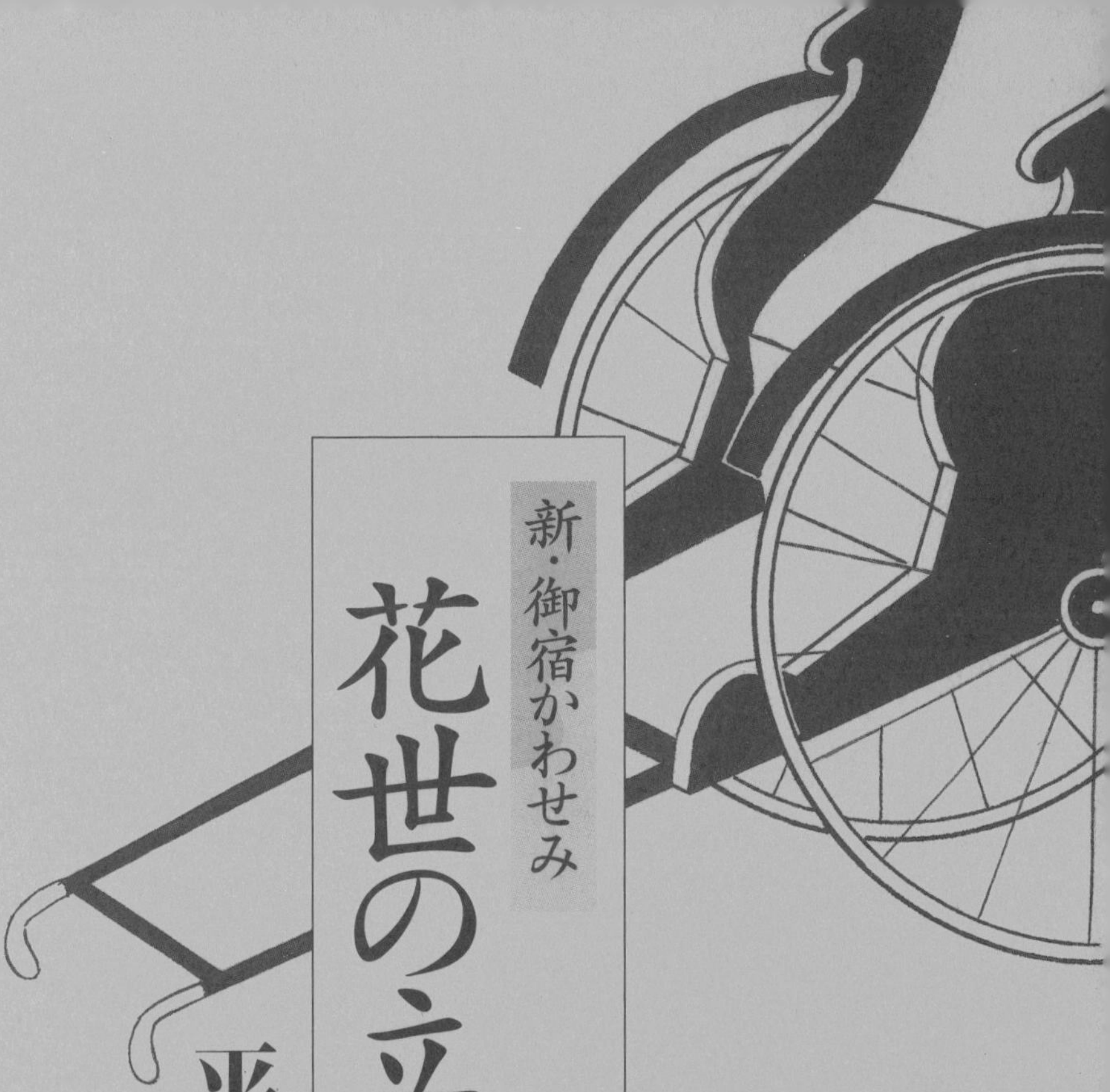

新・御宿かわせみ

# 花世の立春

平岩弓枝

文藝春秋

目次

装丁・口絵・挿絵　蓬田やすひろ

# 花世《はなよ》の立春《りっしゅん》

新・御宿かわせみ

# 明石橋《あかしばし》の殺人《さつじん》

## 一

夜来の雨が朝になっても止まず、正午を過ぎたあたりからは大降りになった。

大川端の宿「かわせみ」の帳場格子の前で神林千春は叩きつける雨で白く煙ったような外の道を眺めていた。

番頭の正吉《しょうきち》はこの時刻、横浜から新橋駅に到着する陸蒸気《おかじょうき》でやって来る予定の客を迎えに、近頃、「かわせみ」が契約している人力車屋の車夫と一緒に出かけているし、大番頭の嘉助《かすけ》は女中頭のお吉《きち》と大川の水量《みずか》さの様子を見に行った。

で、「かわせみ」の若女将といった立場の千春が帳場に出ているのだが、この雨の中、暖簾《のれん》を分けて入って来る客はなく、第一、通りは全く人の行き来が絶えている。

「よく降りますねえ。まるで天が抜けちまったみたい」

台所へ続く廊下から、女中のお晴《はる》が炭箱と台十《だいじゅう》を持って顔を出した。台十にはまっ赤に熾《おこ》った炭がぱちぱちと爆《は》ぜている。

「大番頭さんは寒がりだし、正吉さんは濡れて帰って来るだろうからって、御新造様が……」

「それじゃ、お客様のお部屋のほうも……」

「はい、今、用意をしています」

帳場の大火鉢にお晴が炭を入れるために、千春がとりあえず台十を受け取った時、暖簾のむこうに慌しい足音がした。

「君、ちょっと、こちらへ入れてもらおう」

麻太郎《あさたろう》兄様の声かとふりむいた千春の目に、若い男女が暖簾をくぐるのが見えた。男が連れの女を抱えるようにしている。

一本の番傘を素早くたたみ、女の肩を支えたまま、千春へいった。

「こちらは宿屋ですか」

はい、と返事をしながら、千春は相手の顔を見た。中肉中背で、男にしては優しい顔立であった。外見からすると、千春の兄の神林麻太郎とは全く似ていない。強いていえば声の感じに麻太郎と共通のものがある。

「すまないが、この雨で難渋している。部屋があったら、休ませてもらえないか」

千春が少々、迷ったのは見た所、旅人でもなさそうな男女の様子から、この節、諸方で噂になっている、いわゆる連れ込みのいかがわしい宿と間違えて入って来たのではないかと考えた故だ

が、若い女は顔色が悪く、雨に濡れたせいか、体が小刻みに慄《ふる》えて如何にも具合悪そうである。

それは、千春の横へ来て客の様子をみていたお晴にもわかったらしい。

「お嬢さん……」

といって千春の表情を窺うようにしたのが千春に決断させた。

「お晴、すすぎのお仕度を……部屋は」

「楓《かえで》の間が、御用意出来て居ります」

てきぱきとお晴が土間へ下りて、男女の客は、ほっとしたように上りかまちに腰を下した。

男女のみなりは悪くなかった。

男は薩摩がすりの袷《あわせ》に小倉の袴、近頃、若者の間で流行っている白いシャツを着物の下に着て、素足に高下駄、女は木綿物だがよろけ縞の、まだ新しい着物に、乱菊を染めた帯を締めて、小さな風呂敷包を持っている。

お晴が二人を楓の間に案内して行く時、表に人力車が着いて正吉が暖簾から声をかけた。

「瀬古島様がお着きになりました」

正吉が新橋駅へ迎えに行った客は、横浜の貿易商で「かわせみ」の常連であった。

いそいそと千春が出迎え、大番頭の嘉助とお吉も戻って来て帳場は急に賑やかになった。

客商売とは面白いもので一度、帳場が活気づくと次から次へと客が入って来る。

この夕方の「かわせみ」がまさにそんな具合で、たて続けに到着した客を各々の部屋へ案内し、それお茶を、火鉢に炭をつぎ足して、お風呂の用意は出来たか、お膳を運べの、酒の註文のと女中達がひとしきり台所と客室を行ったり来たりしている中《うち》に夜になった。

「いい案配に、雨が上りましたよ」

門灯に灯を入れに出た嘉助が戻って来て、宿帳を広げて正吉と相談をしていた千春に告げ、千春が笑顔で応じた。

「今日はもうお部屋の空きがありませんから、そのつもりでいて下さいね」

宿帳を正吉に渡して立ち上りかけた所にお晴が来た。

「どうしましょう。楓の間のお客様ですけれど、殿方のほうがお出かけでまだお戻りじゃないんです。御膳はお帰りになってからってことにしてますけど、お連れ様がなんですか心細そうにしてお出でで、今にも泣きそうなんですよ」

「楓の間ですか」

どしゃ降りの最中に到着したお客だと千春が思い出している中に、正吉が宿帳を開いた。

武家風の固い書体で、
印旛県佐倉　大泉吉太郎
ふみ
と書いている。

「印旛県とありますが、たしか千葉県と変っている筈ですよ」

正吉が机の上の帳面を開いた。

「間違いありません。佐倉は佐倉県から印旛県に変って、明治六年の六月から千葉県となっています」

新政府になって、明治四年、それまでの藩が廃され、県となった。とりあえず、藩名がそのまま県におきかえられ、当初は二百六十一県に、江戸幕府の滅亡後、新政府の直轄地にされていた府と県と合せて三府三百二県であったが、その後、統廃合され、その都度、県名も変ったりして上はともかく下々の者はついて行けず、自分が先祖代々住んでいる土地が何県なのかわからず、困惑している者も少くない。

まして短期間に二度も県名が変った所は、尚更であった。で、番頭の正吉は役所へ行って諸国の県名を書き写し、宿屋商売の便宜をはかっている。

「佐倉なら、そう遠くはございませんが……」

宿帳をのぞきながら嘉助が少しばかり首をひねり、お晴がいった。

「荷物らしいものは、何もお持ちではなかったようでしたが……」

女が手にしていたのは、小さな包で着替えなぞは入っていそうになかった。

「御夫婦かしら。それとも御兄妹」

千春が呟き、お晴がきっぱり答えた。

「御兄妹じゃございませんよ。御夫婦かどうかは別にしても……」

「もしかすると、かけおちでは……」

正吉の言葉に、千春とお晴がはっと顔を見合せたのは、その二人を泊めることにしたのはいわば千春とお晴の合意の上であったからである。

「それにしても、お連れさんはいつ出かけなすったのかね」

嘉助に訊《き》かれて正吉が首を振った。

「手前は見て居りません」

千春もお晴も知らなかった。正吉が客用の履物入れを見に行った。

客用の履物入れは各々、部屋の名を書いた木札のかかっている棚にしまってある。

「楓の間のは、女物の下駄しかありません」

お晴が応じた。

「高下駄でした。殿方のほうは……」

それがないところをみると、客は自分で棚から下駄を取り、出かけて行ったものとみえる。

「どちらにお出かけか、残ったお連れさんは聞いていなさらないのかね」

嘉助の問いにお晴が当惑気味に答えた。

「お風呂にお入りになっている中に、出かけてしまったとおっしゃっているんです」

無論、行く先も聞いていない。

長年、「かわせみ」の番頭として働いて来た嘉助は嫌な予感がしたが、いつまでこだわっていてもどうしようもない。

「ま、とにかく、様子をみることだ」

けれども、夜半を過ぎても、佐倉から来た大泉吉太郎と名乗る男は「かわせみ」へ帰って来なかった。取り残されたおふみのほうはお晴から無理に勧められて晩餉《ばんげ》の膳に僅かばかり箸をつけたきりで、用意された布団にも入らず、さらばとお吉が運んだ置き炬燵に膝を入れて時折、思い出したように泣きじゃくっていたが、お晴が何度か見に行くと炬燵の上に顔を伏せて眠っている。で、お晴は客用の綿入れの夜着を出して、その背中へかけ、正吉は万一を考えて不寝番をした。

が、何事もなく夜があけて、

「とうとう、帰って来ませんでしたね」

改めて嘉助とお吉が顔を見合せた。

おふみは終日、部屋にひきこもっていて、お晴がそれとなく訊ねても、全く返事をしない。

どうしたものか、と、嘉助とお吉が額を寄せて相談しているところへ漸《ようや》く半病人のような顔になったおふみが自分から帳場へ来て、

「すみませんが、この文を佐倉へ届けてもらいたいのですが……」

あいにく持ち合せがないので駄賃などの先払いは出来ないが、親が来たら必ずきちんと致しますと頭を下げた。

嘉助が直ちに江戸時代からの飛脚屋へ行って脚夫《きやくふ》に、佐倉への配達を依頼する。

そして四日。

「こちらに内藤ふみと申す者が御厄介になって居りましょうか」

近頃、東京ではあまり見かけなくなった丁髷《ちょんまげ》を結い、縞の着物を高く尻っぱしょりして茶の股引に黒の羽織、足許は足袋《たび》に草鞋《わらじ》ばきといった恰好の五十がらみの男が、しかめっ面で「かわせみ」へやって来た。

応対に出た正吉が、佐倉からおふみを迎えに来たと聞いて、すぐお晴を呼び、楓の間へ知らせて、おふみが帳場へ出て来たが、

「お前は治平……」

といったきり、立ちすくんでいる。治平と呼ばれた男は、おふみを苦々しげに眺めて、

「旦那様は大層、御立腹でございます。家名を傷つけ、ふしだらを働いた者は、もはや内藤家の娘ではない。どこでどうなろうと捨てておけとおっしゃるのを、御新造様が泣いておとりなしになって漸く、手前がお迎えに参りましたので、すぐお帰りを願います」

と切り口上でいう。

みかねてお晴が、

「すぐおすすぎをお持ち致します。とにかく、お通り下さいまして……」

といいかけるのを、

「いや、草鞋を脱ぐつもりはござらぬ。直ちに佐倉へ戻る故、宿賃など立替えの分の支払いを致したい」

といい、上りかまちで財布を取り出した。

止むなく、正吉が勘定書を作り、嘉助にみせてから治平へ差し出すと、

「全く、厄介者の分際で、男に狂って大枚の金は持ち出す、おまけに金だけ取られて男には捨てられる。どの面《つらさ》下げて佐倉へ帰りなさる気か」

舌打ちしながら勘定を払い、茫然と突っ立っているおふみの手をひっぱって土間へ突き落した。

「乱暴なことをなさいますな」

流石《さすが》に嘉助が立ち上り、おふみに、

「よろしいのでございますか。もし、東京にお知り合いでもあれば……」

と問いかけたが、おふみは僅かに首を振り、正吉が揃えた下駄をはくと、

「お世話になりました」

と、自分から「かわせみ」を出て行った。治平のほうは挨拶もせず、肩を怒らせてその後を追って行く。

女中の知らせで奥から千春とるいが出て来た時には、もう万事が終っていて、

「なんで、もう少し、おふみさんに事情を訊いてあげなかったの」

と千春が呟いたが、その千春にしても赤の他人の自分達になんの力もないのはわかっている。

どうやら男と家出をしたあげく、肝腎の男に金は持ち去られ、止むなく親に窮状を知らせた娘が、迎えに来た者に連れられて家へ帰るのであれば黙って見送るしか仕方がない。

それでも千春は胸にものがつかえたような気分で暫くは帳場で宿帳などを眺めていたが、

「ちょっと麻太郎兄様の所へ行って来ます」

正吉に断りをいって、築地居留地で「鶏の館」と呼ばれているリチャード・バーンズ医師の診療所へかけ出して行った。

バーンズ先生はイギリス人で御一新になる前から日本に居住し、日本人の女性と結婚し、最初は横浜で開業していた。旧幕時代からやはり医師である麻生宗太郎《あそうそうたろう》と昵懇《じっこん》で、東京へ移住したの

も麻生宗太郎の肝煎《きもい》りであった。

築地居留地十六番に洋館を建て、一階を診療所、二階を私宅としてすっかり日本に馴染んでいる。

人々がバーンズ診療所を「鶏の館」と呼ぶのは、バーンズ先生の好みで、表玄関の左側の壁に鏤細工《こてざいく》で雌雄の鶏の画が描かれているせいで、イギリス留学から帰国した神林麻太郎は目下、バーンズ診療所へ下宿し、そこで患者達から若先生と呼ばれて働いている。

大川端町から走り続けて、千春が居留地を抜けて行くと、バーンズ診療所の前に黒い鞄《かばん》を下げて麻太郎が立っていた。

「どうした、千春、何かあったのか」

明るく、屈託のない声で呼びかけられて、千春は体の力を抜き、照れ笑いをしながら、母を異にする実の兄の懐めがけてとびついた。

## 二

麻太郎は往診から帰って来た所であったが、バーンズ診療所の待合室には畝源太郎《うねげんたろう》が小難かしそうな法律書を読みながら待っていた。

他に患者らしい姿もないのは日曜日のせいである。まだ日本人の暮しには日曜を休みにする習慣は馴染まないが、ここは居留地、僅かな商店は休業で、バーンズ診療所も建前からいえば休診である。

とはいえ、人間が発病するのに休日もへちまもないので、知らせが来れば若先生は気軽くとび出す。誰にでも親切で骨惜しみをしない若先生の評判はよくて、その代り毎週のように休日返上で、バーンズ先生の姉で薬剤師をつとめるマギー女史などは、

「麻太郎は働きすぎです。医者が体をこわしては何もなりません」

と始終、心配している。

そのマギー女史がいれてくれた紅茶を飲みながら、麻太郎と源太郎は千春の話を黙々と聞いてくれた。

「どうも、とんだ連中がかわせみにとび込んだものだなあ」

千春を労《いたわ》るようにみつめて麻太郎がいい、

「そういう話はこの節、よく聞きますよ。つい、二、三カ月前にも飯倉から仙五郎《せんごろう》が訪ねて来ましてね。娘が悪い男に誑《たぶら》かされて店の金を盗んでかけおちしたあげく、男に捨てられて首をくくって死んでしまったが、なんとかお上の手で男を捕えて死罪にしてくれろと訴えて来たが、どうにかならぬものかと」

源太郎が話し出した。

「たしかにそういう話は旧幕時代に父から聞いたことがありましたがね。悪いのは男と判っていても罰するとなるとなかなか厄介で、娘が勝手に自分に惚れてついて来た、金のことなんぞ知らないと突っぱねられると、なにか証拠でもない限り、色恋がらみの事件は裁きがつけにくい。下手をすると事件にもならないでお取り下げになる場合も少くないのです」

それは源太郎が知る限り、明治と改元した今でも、あまり変ってはいないという。

「まあ、千春さんにはいいにくいが、欺された女のほうも軽率な点があったと非難されがちで、おふみという女はかわいそうですが、実家から迎えが来ただけでもよかったと思いますよ」

若いに似ず苦労人と定評のある源太郎にそういわれると、千春にしてもそれ以上、なにもいえない。

その日は、麻太郎が知り合いのイギリス人の家で写し絵と呼んでいる幻灯の映写会があるからと、源太郎と共に連れて行ってくれたので、千春は気分転換をしたものの、やはり、おふみのことは胸の底に残って消えなかった。

十一月になって、やはり日曜日、千春は「かわせみ」に下宿して築地居留地のA六番館女学校の教師をつとめている麻生花世《はなよ》に誘われて銀座煉瓦街へ出かけた。

銀座はその名の通り、幕府の銀座のおかれていた所だが、幕末、江戸で最も繁華な商店街であった日本橋から京橋へ続く本町通りが、そのまま、新橋へ向ってのびて来て、新橋から横浜へ鉄道が敷かれてからは急激に発展した。

もっとも、銀座煉瓦街の誕生のきっかけはそれよりも早く、明治五年二月二十六日の大火であった。和田倉門の内にあった兵部省から出火して京橋一帯二十八万八千坪が一日で焼野原になったのを機会に政府は煉瓦造りの不燃建築による都市計画を立て、設計を大蔵省の御雇《おやとい》外国人、T・J・ウォートルスに依頼し、小菅に煉瓦製造所を、深川にセメント製造所を作るなどして、東京一の繁華街の建設にとりかかった。

今のところ、完成にまでは至っていないものの、京橋から銀座にかけては道の両側に煉瓦造りの商店が建ち並び、中央通りには乗合馬車が走っている。

前にも何度か居留地の外国人を案内して来たことのある花世はともかく、千春と、お供の女中頭のお吉にとって本格的な銀座見物は今日が初めてで、どこか腰が引けたような恰好できょろきょろしながら花世の後をついて行く。

通りの幅はこれまでの江戸の町の常識からいえばかなり広かった。幅が十五間《けん》もある上にその左右に歩道として三間三尺があり、適当な間隔でガス燈が設けられ、桜、松、楓などが街路樹として植えられていた。

「まるで、どこか異人さんのお国へでも迷い込んだような気が致しますよ」

嘆息ばかりつきながらお吉が繰り返し、立ち並ぶ三階建のジョージア様式だという煉瓦造りの商店の前では、

「よくも、こんな店に入って買い物が出来ますね。みただけで跣《はだし》で逃げ出したくなっちまいます」

と呟いている。

銀座からそれほど遠くもない永代橋ぎわの大川端町に住んでいる自称、江戸っ子のお吉にしてからが、そんなふうなので、東京近郊から見物に出て来たらしい人々は往来に立ち止って殆んど茫然自失、なかには口をあけたまま、行き交う人々を眺めているのも少くない。

通行人の服装もさまざまであった。

場所柄、洋風の長いスカートにパラソルを手にしている婦人もちらほら見えるが、その大方は外国人か、居留地に関係のある商店で働く人などで、まずは男女共に昔ながらの着物姿、女性は丸髷や銀杏返し《いちょうがえ》に結っている。目立つのは雨も降っていないのに、男達が黒い洋傘を持っていることで、もっぱらステッキ代りにしていた。

「まあ赤い首巻きなんぞをしているから女だと思ったら、髭の生えた男でございますよ。おまけにお祭の幔幕みたいな縞の羽織なんぞ着ちまって、ああいうのは芸人でしょうかねえ」

なぞと一々、慨嘆するお吉を連れて、花世が入ったのは、この頃、若者に人気のある珈琲《コーヒー》屋で売り物は珈琲だが、頼むと茶も出してくれる。

疲れ果てているお吉を休ませ、花世と千春が砂糖とミルクを入れた珈琲を飲んでいると、奥のほうの卓に向い合っている男女が目に入った。

女は目鼻立ちの整った美人で、どこか寂しげだが身なりはかなり贅沢である。男は大泉吉太郎であった。

それとなく眺めていると、大泉吉太郎は女のために砂糖を珈琲に入れてやったり、ミルクを取って手渡したり、どうみても御機嫌取りをしている恰好である。

花世が千春の耳にささやいた。

「知ってる人……」

「ええ、まあ」

「男のほうでしょう。あいつ、みるからに女たらしだもの」

返事の仕様がなくて、千春は黙っていた。

その声が聞える距離ではなかったのに、大泉吉太郎がこちらを向いた。まじまじと千春を見たが、思い出せないでいるらしい。千春の代りに花世が鼻の先で笑ってみせた。

店に麻太郎と源太郎が入って来たのはそんな時で、

「やっぱり、ここだったね」

笑いながら近づいて来て空いている椅子に掛けた。

「正吉君が、君達三人お揃いで銀座へ出かけたというから、どこかで会うかと源太郎君と話しながら来たんだ」

お吉の目の前の珈琲茶碗を眺めて、

「よく飲めましたね」

という。

「花世様がものはためしだとおっしゃいますので、話の種に頂きました。ですが、もうこれっきりに致します」

若者達がどっと笑い、こちらをみていたらしい大泉吉太郎が女をうながして立ち上った。

女から財布を受け取り、支払いをして行く。

それが目に入ったらしく、源太郎が、

「今の二人連れは夫婦かな」

と呟き、

「夫婦なもんですか」

ぴしゃりと花世に否定された。

「女に貢がせている女たらしです」

あっけにとられている男二人に、千春がそっと告げた。

「この前、うちへ女の人を置き去りにした……」

それだけで麻太郎と源太郎も理解した。

「女の人は、別人なんだね」

麻太郎が念を押し、千春がうなずいたとたん、花世が叫んだ。

「思い出した。どこかで見たようなと考えていたんだけど、あの女の人、昔、わたしがお琴を習いに行っていたお師匠さんの娘さん、名前は……そう、初代さん。たしか、新政府にかかわりのあるおえらいさんの執事だかと夫婦になった筈です」

「それじゃ、奥様ですか」

気を呑まれていたお吉が本領を取り戻した。

「いけませんですよ。仮にもれっきとした奥様が女たらしの男と二人きりで……」

「お吉……」

千春が制した。

「よしましょう。こんな所で人様のことをあれこれいうのは……」

源太郎が註文した珈琲が来て、麻太郎がさりげなく話題を変え、やがて一同は打ち揃って帰途についた。

それから三日ばかりして、麻生花世が築地居留地のA六番館女学校での仕事を終えて校門を出て来ると、そこにみかけない立派な人力車が停っていて、その脇に立っていたのが初代であった。江戸小紋に色違いの重ねを着て、黒縮緬《ちりめん》の羽織、袖の振りの部分からかすかにのぞく紅絹《もみ》の裏地が上品な色気を醸《かも》し出している。

「不躾《ぶしつけ》なお願いですけれど、少々、私におつき合い下さいませんか」

といわれて花世は承知した。

どこかへ連れて行かれるのかと花世は思ったが、初代は歩きながら話をする心算《つもり》らしい。

人力車は少々、離れて後について来る。

穏やかな秋日和で寒くも暑くもなく、そぞろ歩きにはうってつけの陽気であった。

初代の話は殆んどが神林麻太郎についてであった。

「あちらは以前、八丁堀にお住いの吟味方与力、神林通之進《みちのしん》様の御子息で、花世さんとは御親戚に当るのでしょう」

といわれて、花世は特に否定はしなかった。

花世の母の七重《ななえ》と、神林通之進の妻の香苗《かなえ》とは姉妹であるし、麻太郎が神林家の養子であるのは、なにもいうことはないと思っている。

ただ、訊かれるままに答えたのは、麻太郎がイギリスに留学して医学を習得し、帰国した今は築地居留地のバーンズ診療所で医師として働いていることであった。

「それで、まだお独りでいらっしゃいますの」

熱心に訊いていた初代が最後に訊ね、花世は、そうです、とややぶっきら棒な返事をした。

「実はね。花世さん、憶えていらっしゃるでしょう。私の妹の英子、あの人がよく麻太郎さんの昔話を致しますの。何度かお目にかかったことがあるそうで、その時分から英子は麻太郎さんのことが好きみたいで……でもまあ、まだ子供でしたから……」

立ち止ってしまった花世に、初代は全く別の話をした。

「私のつれあいは今里新造と申しましてね、三崎家の執事をして居りますの」

初代の言葉に得意気なものがあからさまにのぞいていたのは、三崎家といえば日本屈指の大富豪で、旧幕時代から金融業で財を成し倒幕の際、今の新政府は莫大な金を三崎家から借り入れ、今も新政府と強い結びつきがあり、御一新の立役者である井上馨、大隈重信、伊藤博文といった政府の要人も、内実では三崎本家の当主、三崎九郎右衛門には頭が上らないという噂は花世でさえも知っていた。

つまり、三崎家の執事といえば大番頭のようなもので、三崎家の一切を取りしきって居り、権力と同時に並々ならぬ資産家でもあった。

「これは夫が内々に話してくれましたのですけれど、お上が近く、今まで日本にはなかったような大規模な病院を建設なさる御計画がおありで、その資金の大方が三崎家のほうから醵出《きょしゅつ》されるそうなのですよ」

お上の意向を受けて、三崎家が金を出して作る病院だと初代は強調した。

「当然、お医者様は選りすぐりの方ばかりですけれど、今、お訊きした麻太郎さんの経歴でしたら、私から御推薦申し上げてもよろしゅうございましてよ」

花世は軽く頭を下げた。

「それでしたら、御当人に直接、おっしゃって下さい。失礼します」

くるりと背を向けて、さっさと歩いて行く花世を、初代は面白そうに見送っていた。

## 三

花世の話は源太郎を経て麻太郎に伝わったが、

「わたしはまるで記憶がないよ」

その昔、花世が琴の稽古に通っていたのは知っているが、

「たしかお師匠さんというのは検校《けんぎょう》だか勾当《こうとう》だか、目の不自由な人ではなかったかな」

江戸時代、盲人で琵琶や琴三味線などの音曲を教授したり、或いは鍼《はり》療治、按摩といった業《なりわい》にたずさわる者には、京の久我《こが》家から検校、勾当、座頭の階級が授けられる。勿論、それは技術とか年期にはかかわりなく、現実は金で買える位であるけれども、多くの人は高い身分につきたいと願うし、検校と呼ばれるようになれば、金持の商家や武士階級の客もつくので金を出して位を買うだけのことはある。

徳川幕府はこうした盲人達のために、特に金貸し業を認め、利息によって暮しの足しにするように定めたのも、身分を得るためには金が必要と承知しての上でもあった。

麻太郎が花世の昔の琴の師匠を検校だか勾当だかの、といったのはその故であった。

「わたしは少し憶えていますよ。たしかに目の不自由なお師匠さんでしたが、優しい感じの人で、しっかり者の女房がいて、子供も二、三人。そういえば子供が悪餓鬼にいじめられているのを麻太郎君と一緒に助けてやったことがありましたよ」

盲人の子というだけで、石をぶつけられたり、仲間はずれにされたりしていた。

「源太郎君は昔のことをよく忘れないね。どうも、わたしはぼんやり者だ」

しかし、麻太郎はその理由に気がついていた。

実母は麻太郎を妊《みごも》ったまま筑後柳河の藩主、立花左近将監の国家老、大村彦右衛門へ嫁いだ。その彦右衛門が歿《なくな》って、立花家の息女が京極家へ嫁入りする際、つき従って行き四国の多度津で暮すことになった。そして麻太郎は六歳の時、品川の御殿山で母が非業の死を遂げてから、神林通之進夫婦に迎えられてその嗣子となり今日に及んでいる。

つまり、六歳までの麻太郎は母と共に居所を転々とし、しかもその日常は極めて不安定なものであった。更にいえば、子供心にも常に生命の危機にさらされているような印象がある。それでは幸せな思い出が残っているわけはなく、無意識の中に記憶を消してしまいたい恐怖や悲痛の日々であったように思う。

神林家へ来るまでは、自分がこよなく両親に愛され、かけがえのない存在であるという実感すら持てなかったものである。

麻太郎のそんな気持を源太郎はおおよそ察していて、故意に気づかぬ顔をしていた。

それが源太郎らしい思いやりで、

「麻太郎君は気がつかなかったのかも知れないが、わたしは妹娘の英子というのが、麻太郎君のことを好きらしいと知っていましたよ」

と笑っていう。

「そうかな」

「姉さんも美人だが、妹もかわいい子で、たしか間に一人、男の子がいたのが流行り病で死んでしまって、姉さんと妹はけっこう年齢が離れていたような気がします」

「実にたいした記憶力だな」

「相手が美人に限りですがね」

軽口を叩き合って、その話はそれきりになる筈であったのに、中二日ほどしてバーンズ診療所へ花世が来た。

「英子さんが教会に来ていてね、どうしても麻太郎さんに会いたいといっているのだけれども……」

気の進まない表情でいう。

「申しわけないが、とてもそんな余裕はないんだ。ごらんの有様でね」

玄関から見えるバーンズ診療所の患者の待合室は人でごった返していた。

このところ、居留地内で悪い風邪が流行して、診療所の規定の時間だけではとても治療が間に合わない。それどころか、真夜中に使が来て往診にとび出して行くのも珍らしくない状態が続いている。

「こんな時間に来ても駄目だって判っていたんだけど、あの人、尼さんになりたいなんていうものだから……」

麻太郎は返事をしている間《ま》がなかった。バーンズ先生の妻のたまき夫人が順番の来た患者の名前を呼んでいる。麻太郎が診療室にとってかえし、再び患者を送り出しがてら玄関をみると、花世の姿はどこにもなかった。

慌しい一週間が過ぎて麻太郎が往診の帰りに居留地のA六番館女学校に立ち寄ったのは、英子が尼になるといった花世の言葉が気になっていたからで、別に英子に対して好意を持っているわけではないが、どうも責任を押しつけられたようで心が重かった故である。

花世はキリスト教の尼僧と話をしていたが、麻太郎をみると、すぐに出て来た。

「外に、のっぺりした顔の若い男がいたでしょう」

だしぬけにいわれて、麻太郎は面くらった。

「英子さんを脅迫しているのよ。あの人が二度ばかりここへ来た時、尾《つ》けて来て、ここの先生方がいくらそういう人は来ていませんといっても、毎日のようにうろうろしているんです」

もう帰る所だからと麻太郎の肩を押すようにして学校の外へ出る。

「みては駄目よ。むこうの洋館の前……」

ささやかれて、麻太郎は通りすがりにその男を視界に入れた。

縞の着物に袴をつけ、赤い首巻きをしている。目鼻立ちは整っているが、どこかいかがわしい感じがしないでもない。

「大泉吉太郎っていうんですって。親は佐倉藩士、つまり、士族ってわけ」

英子に訊いたといった。

「そんな男が、どうして英子さんを脅迫するんだ」

道をまがりながら麻太郎がさりげなく男のほうをふり返り、花世が口をとがらせた。

「脅迫されるだけの理由があるからでしょう」

「なんだって……」

「英子さんは麻太郎さんが好きだった。でも片思いよね。吉太郎につけこまれたのは麻太郎さんが留学していた頃なのよ」

「しかし……」

「英子さん、結婚話がまとまったのよ」

相手は、姉の初代の夫である今里新造の口ききで司法省のお役人だとつけ加えた。

「英子さんの実家は裕福なのか」

検校の位を持つ音曲の師匠だが、金貸しの特権があった。

「親から受け継いだ資産が少々あるらしいけど、吉太郎の目的は初代さんの御主人よ」

今を時めく三崎家の執事であった。

「大それたことを考える奴だな」

「小悪党よ。女は弱味を握られたら、どんなに脅迫されても公けに出来ないと承知している最低の悪人」

「金で口封じが出来るのか。一度で済むとは思えないが……」

「むこうは一生の金蔓《かねづる》を摑んだと思っているでしょうね」

初代にしても出せる金には限界があるに違いない。

「源太郎君には言うなよ」

正義漢の畝源太郎は自宅に「よろず探索 仕《つかまつ》り候」の看板をかかげている。

「あいつは今、司法の勉強をして弁護士の資格を取ろうとしているんだ」

道のむこうにバーンズ診療所がみえて来た。

玄関の前に源太郎がいて若い女を抱えるようにしている。診療所からはバーンズ先生とマギー夫人が慌しく出て来たところであった。

二人の足が同時に地を蹴った。

源太郎が抱えている若い女は英子であった。

さしのぞいた花世の顔を認めると、狂気のように叫んだ。

「助けて……姉さんが吉太郎を殺しに行きました」

## 四

英子をバーンズ先生にまかせて麻太郎と源太郎が走り出すと、たまき夫人が二本の傘を持って追いかけて来た。

朝からどんよりと雲の垂れこめていた空が遂に泣き出したようで冷たい雨が地上を濡らしはじめている。

「気をつけて。危いことはいけません」

たまき夫人の声を背中に聞いて麻太郎と源太郎は受け取った傘をそのまま摑んで走り続けた。

英子の口から初代の行った先は南小田原町に最近出来た西洋ホテルと聞いている。

「吉太郎の奴、豪勢な所に泊ってやがるんだな」

源太郎が舌打ちした。

その金も吉太郎が女を欺して手に入れたものにきまっている。

鉄砲洲川沿いの道が新湊橋へ出た。

橋を渡ればやがてもう一つ、新栄橋が南小田原町へ向けて架っている。麻太郎と源太郎の足が僅かに迷ったのは、まっすぐ進んで明石橋を渡っても南小田原町へ出るからで、どちらを行っても距離は殆んど変らない。

だが、麻太郎はかなり靄《もや》ごもっている明石橋の上に二人の人影をみた。傘をさし、向い合うようにして立っている。

あっと思ったのは、一人が傘を捨て、かくし持っていたらしい刀を抜きはなったからである。

無言で麻太郎が走り、源太郎が続いた。

だが、距離がある。

刀を抜いたのは女であった。相手の男は洋傘をふり廻して防いでいる。

けれども所詮、男と女であった。男が攻勢に廻り、女は橋ぎわに追いつめられる。

「待て」

と源太郎がどなったのは、せめて男の注意をこちらへ向けたいと思ってのことだが、その声が届いたかどうか。

女は刀を叩き落され、明石橋の欄干から上体をのけぞらせている。容赦なく男が女を突き落そうとした時、近づいた源太郎と麻太郎の目に、もう一人の女が現われた。

橋上の抜き身を拾い上げ、体ごと男にぶつかった。源太郎が女にとびつき、麻太郎は男の体が崩れ落ちるのを目にしながら、欄干から、まっさかさまに転落しかけていた女を辛うじて抱きとめた。

凄じい勢いで雨が落ちて来た。

背中に刀を突き立てられたまま、突っ伏している男の体から流れ出した血を、雨が叩きつけ押し流している。

橋の袂の運上所から傘をさした人々がおそるおそる近づいて来た。目と鼻の先の橋上での惨劇を目撃していたもので、どしゃ降りの雨の中、麻太郎と源太郎はどちらも一人ずつ女を支えながら、その人々のほうへ歩いて行った。

男は大泉吉太郎であった。

小太刀を持って吉太郎へ斬りかかった女が初代であったのは、麻太郎と源太郎には察しがついていたが、吉太郎を刺し殺した女が西洋ホテルで吉太郎と暮していた佐倉在の内藤ふみといい、つい先頃、「かわせみ」へ、吉太郎によって置き去りにされたものだと取調べの係官から聞いた時には啞然とした。

「かわせみ」からは番頭の正吉と女中のお晴が出頭して、おふみが大泉吉太郎と共に投宿し、吉太郎はおふみの知らぬ中に立ち去った旨を証言した。

係官がおふみの供述で少々、驚いたのは、吉太郎に欺されて大金を持ち出し、金を取られたあげく捨てられて故郷へ帰ったというのに、自分から吉太郎を探して上京したあげく、その居所を突きとめ、男のいうままに一緒に暮していたという事実で、では何故、吉太郎を殺害したかと訊問されて、おふみは、

「女から呼び出しの文が来て、あの人が出かけて行くので、後を尾けて行きましたら、橋の上で女と争っている。あの女も吉太郎に欺されてあの人を殺そうと思いつめて来たのだと思ってみている中に、この男は生きている限り、女を苦しめる人非人なのにお上から罰を受けることもない、それならわたしが罰を与えてやろうと思い切って殺しました」

と答えている。

裁判官にしても、おふみの女心は不可解に違いなかったが、結局、非は大泉吉太郎にあると裁定されて、おふみは懲役十五年の判決を受けた。

一方、初代に対しては三崎家の執事の妻という身分に考慮して、たまたま、その場に居合せただけで、事件とはかかわり合いがないとされた。

従って、新聞が書き立てたのは、おふみの吉太郎殺しだけであったが、その書き方はおふみに同情的であった。同時に、軽率に男の口車に乗った女は、このような結果になると訓示を述べる教育者もいて、暫くは世間の話題になったものの、やがて忘れられて行った。

この年、秋から冬にかけては雨の日が多く、バーンズ診療所では寒がりのバーンズ先生の註文で、例年より早くストーブが焚かれ、居間をはじめ、各部屋ごとのストーブに毎朝、火を焚きつけるのは麻太郎の役目になっていた。何故なら、バーンズ先生は勿論、たまき夫人もマギー夫人も何故かストーブに着火させるのが、ひどく苦手であったからである。

で、その朝、麻太郎が物置から石炭用のバケツに石炭を入れて庭を戻って来ると、柵のむこうに源太郎が新聞を手にして立っていた。

「こないだの事件だけどね、おふみがどうやって吉太郎の泊っている西洋ホテルを探し当てたかがわかったよ」

新聞に書いてあったと軽く紙面を叩いてみせる。

「読むかい」

「いや、聞かせてもらうだけでいい」

「東京中の宿屋、といっても主として神田の旅籠《はたご》だがね。軒並み、訊いて歩いたらしい」

「しかし、西洋ホテルは……」

「吉太郎をみつけたのは、銀座だとさ」

あの珈琲店だと源太郎は鼻の頭をしかめた。

「いつか、花世さんや千春さん、お吉さんと三人に会った店だよ」

「神田から銀座まで来ていたのか」

「探しに探して銀座までというんだね。珈琲店から出て来る吉太郎を道のむこうから発見したそうだ」

麻太郎が嘆息した。

「すごい話だな」

「女は怖いよ。昔から化けて出るのは女。男のお化けってのは聞かないよ」

首をすくめた源太郎が慌てたように口をつぐんだのは、むこうからA六番館女学校へ行く途中らしい花世が颯爽と姿をみせたからである。

手に持った洋傘をステッキのようにふり廻しながら歩いている。

「今日も降るのかな」

源太郎が空を見上げた。

今朝方まで降り続いた雨は上っていて、東天には薄く陽が射している。

築地居留地を包んでいた靄がもう薄くなって来た。

# 俥宿《くるまやど》の女房《にょうぼう》

## 一

夕暮時、軒に下った看板灯にあかりが点《とも》ると「人力車」の文字が浮び上る。

店の入口の腰高障子に筆太で「大黒屋」と書かれているが、誰も屋号で呼ぶ者はいない。

このあたりでは、

「永代の俥屋《くるまや》さん」

で通る俥宿は、十数台からある人力車の大方が出払っていて、大黒屋と背中に染めの入った印半纏《しるしばんてん》を着た俥番の親父が所在なげに鉈豆煙管《なたまめぎせる》をふかしている所へ、からからと車輪の音を響かせて空車が戻って来た。

待っていたように台所口の戸が開いて、女中がとび出して来る。

「松さんかい、ちょうどよかった。水谷町まで行っとくれ」

水谷町と聞いただけで車夫が露骨に嫌な顔をした。

「冗談じゃねえ、昼飯食ってから一服もしてねえんだぜ」

黙っている女中に、俥番の親父がいった。

「今日は随分と早いじゃねえか」

「御新造さんが具合悪いってのにさ」

唇をとがらせていいつけた。

「あたしは腹が立って腹が立って……」

車夫が口に指を当てた。

表の腰高障子が開いて、この家の主、大黒屋弥平が大きな体を丸めるようにして出て来る。

「こりゃあ、お出かけでございますか」

そらっとぼけた俥番の親父の挨拶に返事もせず、車夫のおいた踏み台に足をかけて、どすんと俥におさまった。すかさず車夫がいい手付で赤ゲットを膝にかけ、素早く梶棒に取りついた。

重い音をたてて曳き出される人力車と殆んど入れ違いに神林麻太郎は黒鞄を手に、大黒屋の前で迎えの俥から下りた。

「若先生、早速、お運び下さいまして有難う存じます」

女中が走り寄って黒鞄を受け取ろうとするのに、軽く手を振って、

「熱が高いとうかがいましたが、御病人の様子は如何ですか」

足早やに開けっぱなしの入口を入って行った。

築地居留地三十一番と三十二番、俗にヘーレン屋敷と呼ばれている所の北側の道に立って、畝源太郎は、やがてこの道をやって来るであろう神林麻太郎を待っていた。

ヘーレン屋敷は幕末、越後村上藩主、内藤紀伊守の下屋敷であった。それが、維新後、公収され、この一帯が外国人居留地に指定されて、ハンブルク出身のヘーレンという若い商人が競売によって借り受けることになった。

当時、旧村上藩邸は取りこわす寸前であったのを、ヘーレンは建物も庭もそのままの状態で賃借したい旨を強く主張し、結局、その希望がかなえられた。

そのため、源太郎が背にしているヘーレン屋敷は敷地に沿って海鼠壁《なまこかべ》の土蔵造りに覗き窓がつき、大きな屋根瓦を載せた大名屋敷独特の建物と、いかめしい黒門がそっくり残っていて、そこがなまじ居留地の洋館の建ち並ぶ一画だけに異様な雰囲気を醸し出している。

それ故に、源太郎はここが好きであった。

八丁堀の組屋敷の近くにも、こうした大名屋敷がいくらもあって、その前を往来したり、遊び廻っていた子供の頃の思い出がヘーレン屋敷と名を変えた村上藩邸を眺める度に甦って来る。で、よくこの門前を待ち合せの場所に使う。

待つほどもなく麻太郎の姿が見えた。軽く手を上げて走って来る。

「診療所のほう、よかったのか」

近づいて源太郎が訊き、麻太郎が白い歯をみせて笑った。

「日曜日だよ」

「休みの日に、すまない」

「熱が出たのは子供かい」

肩を並べて麻太郎が呟いた。

「お母さんの風邪はすっかり治ったと思ったんだが……」

ひどく恐縮しているような友人の横顔を見た。

「急患っていうのは大黒屋の子供なのだろう」

念を押すつもりで訊きながら、麻太郎は可笑《おか》しいと気づいた。源太郎の伝言をバーンズ診療所へ伝えに来た長助が、日頃の彼らしくもなく、えらく口籠っていたのを思い出したからである。果して、

「長助は、君になんといったのかな」

視線を伏せたまま、源太郎がいう。

「病人は大黒屋の身内だと……」

「身内には違いないんだがね」

橋を渡ろうとした麻太郎を制した。

「そっちじゃないんだ」

「なに……」

大黒屋弥平の家は北新堀町であった。この前、弥平の妻の津也子というのが、風邪をこじらせ

て、かかりつけの医者から重態だといわれたと源太郎が訴えに来たのは、彼の母親と大黒屋の女房が幼なじみの縁で、いわば、母親から命ぜられてのことであった。

「行く先は水谷町なんだ」

水谷町なら橋を渡らず、川沿いに銀座へ向いて行くことになる。

「いったい、患者は誰なんだ」

源太郎に一足遅れて歩きながら麻太郎が質《ただ》した。

「そりゃあ、わたしは医者だから、病人なら誰の所へ連れて行かれようとかまわない。しかし……」

「大黒屋弥平の子供なんだ。但し、母親は北新堀町のほうじゃない」

「源太郎君、わかるようにいえ」

「要するに、弥平の妾、お長の子で久太郎、三つだそうだ」

「なんで君が、そんな……」

「仕様がないんだよ。津也子さんがうちのお袋に頼みに来て、お袋だってびっくり仰天してたけど、とにかく子供に罪はない。麻太郎君にお願いしろというものだから……」

「本妻さんが妾の子のために、源太郎君の母上に頼みに来た……」

「つまりはそういうこと……」

源太郎が手を出した。

「鞄、わたしが持って行くから……」

麻太郎がその手を振り払い、まっしぐらに水谷町へ向った。

どちらも無言のまま、たどりついたのは黒板塀に見越しの松、こぢんまりはしているが瀟洒《しょうしゃ》な家であった。

二人を出迎えたのは大黒屋弥平自身で、

「ああ、先生」

といったきり、その場にすわり込んだ。

奥からは女の泣き叫ぶ声が聞える。源太郎が弥平の脇をすり抜けるようにして上りかまちから奥へ行き、すぐに戻って来た。土間に立っている麻太郎へそっと首を振る。

源太郎の後から、みるからに医者という恰好の初老の男が出て来た。麻太郎も顔だけは知っている金六町に住む医者で石田東庵という如才ない人物であった。

「これは神林先生、残念でございますが、手前が参りました時は、もはや手遅れで、殆んどなすすべもなく……」

麻太郎が頭を下げた。

「左様でしたか、では、手前はこれにて……」

「御苦労なことでございました」

外へ出て歩き出すと、やがて源太郎が追いついて来た。

「坊やのおっ母さんが半狂乱になっているそうだ。まだ三つ、かわいい盛りだものな」

返事をしない麻太郎の手から鞄をそっと取った。

「ごめん。無駄足をさせてしまった……」
「いや、君のせいじゃない」
軽く首を振り、二人は今来たばかりの川沿いの道を戻った。

## 二

翌日、麻太郎がバーンズ先生の姉のマギー夫人と共に、本町通りの薬種問屋へ出かける途中、水谷町を通りかかると、大黒屋弥平の妾宅では今日が久太郎坊やの野辺送りらしく、玄関のあたりに葬儀屋が鳶《とび》の若い衆と運ばれて来た生花や樒《しきみ》の入った竹筒の飾りつけをして居り、家の前には弔問客が乗って来たものか、一台の人力車が停っていて車夫が所在なく立っている。三十五、六でもあろうか、長身で筋肉質の体つきはともかく、すっきりした男前で、どこか凜としたところがあるのが車夫にしては少々、不似合な感じがする。

いきなり、女の怒声が聞え、玄関から二人の女がころげるように外へ出て来た。一人がもう一方の胸倉を摑み、たて続けに罵声を浴びせている。どちらもはだしで、胸倉を摑まれている方は小紋の着物に黒紋付の羽織、細面《ほそおもて》の上品な美人で、なんとか相手をふりはなそうともがいているのが、蜘蛛《くも》の巣にかかった蝶の風情にみえる。

なにやら事情はわからぬながら制《と》めに入ろうと麻太郎が行動を起しかけた時、車夫がとんで行った。摑みかかっている女の横面をひっぱたき、ひるんだ隙に黒羽織の女を背にかばう。

「畜生」

叩かれた女が絶叫した。

「この女が殺したんだ。この女のせいで、あたしの久太郎は……」

あっけにとられていた鳶の若い衆が女を支え、さわぎを聞いて家から出て来た弥平が、

「お長、どうした」

と叫んだ。その視線が黒羽織の女へ向うと、

「なんだって、こんな所に……」

ぱくぱくと口は動くが、それっきり声が出て来ない。

車夫が黒羽織の女を抱えるようにして人力車へ乗せ、集って来た野次馬をかき分けるようにして走り去る。本妻が亭主の子供の弔問に来て妾と一悶着あったとわかって、麻太郎はマギー夫人をかばいながら素早く群衆の中を抜け出した。

そして、次の日曜日、麻太郎が大川端町の「かわせみ」へ顔を出すと、るいの居間から賑やかな笑い声が聞えていた。

「麻生宗太郎先生が岡埜《おかの》の最中《もなか》をお持ちになりましてね、最中の品評会をなすっていらっしゃいますんですよ」

と教えてくれた大番頭の嘉助の帳場の小机の上にも、最中をのせた塗り皿と渋茶がおいてある。

「いい所へお出でになりましたよ、若先生」

嬉しそうなお吉に拉致された恰好で、麻太郎が居間へ行くと、女主人のるいを中心に宗太郎と娘の花世、それに、いささか困惑気味の源太郎がいて、各々の前に渋茶のたっぷり入った筒茶碗

があって、まん中に最中の入った箱を三つばかりおいて、新入りの麻太郎を迎えた。

「やあ、犠牲者が一人増えたな」

宗太郎が年齢を感じさせない若い声でいい、早速、一つの箱を麻太郎へさし出す。

「成程、岡埜栄泉の最中ですね」

明治六年に上野広小路に店を開いた和菓子匠、岡埜栄泉はこの節「岡埜の最中」が女子供の評判になっている。

「麻太郎さん、御存じでしたの」

新しい茶を麻太郎のためにいれながら、るいが微笑したのは、彼の実父、神林東吾《とうご》が饅頭怖いの口ながら、けっこう、諸方の菓子屋で人気のある菓子を土産に買って来てくれたのを思い出してであった。

「実はバーンズ先生の好物で、時折ですが、あちらに往診なぞで出かけると買って来ることになっています」

それにしても、最中の箱ばかりが並んでいるのは壮観であった。

「うちへお泊りのお客様が甘いものに目がなくて、それも最中が大好物とおっしゃるので、お吉がいろいろ買って来て、あれがいいの、これがおいしいのといっている所へ、宗太郎様がお土産にお持ちになってね」

るいが楽しそうにいい、麻太郎は箱を見廻してなるべく小ぢんまりしているのを一つ取った。

「麻太郎君は先だって大黒屋の御新造を診《み》たそうだね」

筒茶碗を手にして宗太郎がいい、麻太郎は、

「はい」

と答えた。

「風邪は、重症だったのか」

「熱は二、三日前から高くなっていて、具合が悪かったらしいのですが、客があったりして休めなかったと聞きましたが……」

事実、病人はこじらせた理由をそんなふうに説明していた。

「お客じゃありません、馬鹿な亭主が妾の子なんぞ連れて来たから……」

父親の手前、神妙そうにしていた花世がたまりかねたように口を出した。

「大体、悪いのは大黒屋の亭主なのよ。女房が風邪をひいている所へ小さい子を連れて来たら感染する危険が大きいのに……第一、本妻の所へ、なんだって妾の子を連れて行くの。非常識ったらありゃあしない」

最中を飲み込みながら、麻太郎が花世を制した。

「それじゃ、久太郎坊やの風邪は、本妻さんからの伝染か」

「北新堀町の御本宅へ連れて行った翌日の夜から具合が悪くなったそうだから……」

思わず麻太郎が宗太郎を見、宗太郎が花世をたしなめた。

「お父様は最初からいっているだろう。それだけでは津也子さんの風邪がうつったとは断言出来ない」

「津也子さんだなんて、お父様は大黒屋の本妻さんとお親しいんですか」

「馬鹿者」

宗太郎が陣容を立て直した。

「この際だから、はっきりいっておくがね。大黒屋の御新造の津也子さんという人は、御一新前までは刀剣や甲冑などを商う大店《おおだな》の娘でね。歿《なくな》った麻生家の義父上《ちちうえ》は刀剣鑑定には一家言持っていらしたから、津也子さんの父親の吉右衛門さんとは好誼もあって本所の屋敷へ呼んだり、義父上が店へ立ち寄られることもあった。わたしが津也子さんを識《し》っているのは、その故だ」

ごく自然に、るいが訊ねた。

「そのお店は、どうなりましたの」

世の中が変って、武士が必ずしも帯刀しなくてもよくなったばかりか、政府の全面的な廃刀令に対して、士族の間に激しい反発が起っているとは、庶民の間にも噂されている。まして甲冑ともなると、美術品として買う外国人がたまにあるくらいで、殆んど商売にならないに違いない。

「潰れたようですよ。津也子さんの両親がたて続けて歿ったのも、津也子さんが大黒屋へ嫁いで間もなくだとか……」

実は、と、るいを見て苦笑した。

「お千絵《ちえ》さんの店で、偶然、津也子さんに会ったのですよ」

「お千絵さんとお知り合いでしたの」

源太郎が答えた。

「母と大黒屋の御新造とは、幼なじみなんだそうです。わたしも母から聞いたばかりですが、母の実家の近くに、あちらの店もあったとか」

源太郎の母の実家は、御蔵前片町にあった札差、江原屋である。

「それじゃ、源太郎さんもあちらを御存じでしたの」

再度、るいに訊かれて源太郎は首を振った。

「いや、母にいわれるまでは全く知りませんでした」

母にしても、町奉行所の役人の許へ嫁いで来て、八丁堀暮しをするようになってからは昔の知り合いと会うことも滅多になく、津也子との再会も、夫の死後、自立のために古美術の店を持ってからのことだと源太郎はいった。

「大黒屋さんでございますけれども……」

なんとなくちぐはぐしている一座の空気を破ったのは、いつもながら突拍子もないお吉の話で、

「あそこの主人の弥平って人は、房州の漁師の倅《せがれ》で江戸へ出て来て魚河岸の店で働いていたそうですけど、お店《たな》から奉公人に渡される手水紙《ちょうずがみ》を使わないで取っておいて、上の番頭さんなんぞに買ってもらってお金を貯めたってのを、車夫なんぞに自慢して話すそうでございますよ。よく、爪に火をともすようにしてお金を残したって話は聞きますけど、お手水の時の塵紙を使わないなんて……」

「お吉……」

るいに睨まれて、お吉が首をすくめ、大黒屋に関する話は、そこで打ち切りとなった。

# 三

麻太郎が再度、大黒屋弥平の女房、津也子をみかけたのは、築地居留地の波止場の突堤の近くであった。

そこは大川の河口に面していて西のほうは外国人専用のホテルが建ち、明石橋の下を通って大川へ流れ込む掘割の水路をへだてて東京運上所が眺められる。

この季節、海からの風が少々冷たいが、目前に広がる東京湾の風景は晴れていればなかなかのものがある。

麻太郎は海が好きなので、小田原町の患家へ往診に行く際、帰り道にはよく足を止めて眺める。

珍らしく船の停船していない、がらんとした波止場に男女が立って海のほうをむいていた。

近くに人力車が無人のまま、停っている。

女が津也子で、男のほうはこの前、津也子の俥をひいていた男前の車夫であった。

別に寄り添って親密そうに話をしているというのではなく、ただ、突っ立っている。

津也子がどこかへ出かける途中、たまたま海の景色を眺めようと俥を下り、車夫もお相伴　旁《かたがた》、あたりを見廻しているというふうでもある。

むこうがこっちに気がついてふりむきでもしたら挨拶をしようと思ったが、わざわざ、こちらから声をかけるまでもないような気がして、麻太郎は波止場の前の道を通り過ぎた。

それから数日後。

バーンズ先生の旧《ふる》くからの友人で、同じ築地居留地に住んでいるキルビーというイギリス人の依頼で、麻太郎は畝源太郎の母であるお千絵が経営している古美術品の店、和洋堂へ案内することになった。

幸い、キルビーが蒐集している浮世絵の良いものが、和洋堂にあって、麻太郎は売り手、買い手の双方から感謝されたのだが、キルビーが買い物を終え、待たせてあった人力車で居留地へ帰ってから、ここまで来たついでに日本橋の薬種問屋へ寄って行くつもりの麻太郎が店先でお千絵のいれてくれた茶を飲んでいると、突然、老人がとび込んで来た。

「誰か、助けてくれ、お長が殺される……」

それだけで麻太郎は老人と一緒にかけつけて行った。

髪ふり乱して荒れ狂っている女を、男が容赦なくなぐりつけていた。

男は大黒屋弥平、女は妾のお長であった。

麻太郎が戸口に立つと、やはり騒ぎを聞きつけて外へ出て様子を窺っていた連中がぞろぞろと集って来た。

流石《さすが》に弥平もそれに気がついて、お長を突き放し、自分は荒い息を吐きながらすわり込んだ。

「なに、たいしたことじゃございませんよ。こいつがあんまりわけのわからねえことをいいつのるもんで、つい……」

弥平のいいわけを、お長が激しく遮った。

「この人があたしを欺したんだよ。女房にするといっときながら、いつまで経ってもそれっきり。

お父つぁんが、娘の身の立つようにしてくれろといったら、いきなり、ひっぱたいて……」

お長の視線が、麻太郎の背後にすくんでいた老人へ向いて、麻太郎は自分達に助けを求めた老人が、お長の父親であることに気がついた。老人はぶるぶる慄《ふる》えていた。

血走った目に涙が浮び、娘へ叫んだ。

「そいつと別れろ。そいつは人でなしだ。人の皮着た畜生だ。娘を玩具《おもちゃ》にしやがって。お父つぁんはな、お前を妾にするために育てたんじゃねえ。別れねえっていうんなら、そいつもお前も殺して……」

老人が絶句したのは、立ち上ろうとした弥平の体が大きくよろめいて崩れ落ちたからだ。口からおびただしい血が流れ出している。

麻太郎が弥平を抱き起し、お長へいった。

「わたしは医者です。手を貸して下さい」

弥平の体は奥の部屋へ運び込まれ、お長が敷いた布団に横たえられた。

野次馬はいつの間にか姿を消し、残ったのは隣近所の数人で、心配そうに上りかまちで、麻太郎の手当をみつめている。

吐血が止まって、苦しげな息を吐きながら目を閉じている弥平の傍で、麻太郎は吐瀉物を調べ、お長にいくつかの質問をした。それから、鞄の中の帳面を破いてなにやら記し、

「申しわけありませんが、これを居留地のバーンズ診療所へ持って行き、書いてある薬をもらって来て下さいませんか」

と、上りかまちにいた人々に声をかけた。

すぐに一人の屈強な男が書きつけを受け取り、慌しくとび出して行く。

お長が弥平の脈をみている麻太郎に訊いた。

「助かりますか。お願いです、助けて下さい」

「静かに……」

やや、きびしく麻太郎が制した。

「今、病人に必要なのは、安静を保つことです……」

弥平が薄く目を開いた。唇が動いて、

「み、水」

と聞える。お長が台所へとんで行き、麻太郎は黒鞄の中から銀色の粒の入った袋をとり出して、その何粒かを掌にのせ、弥平の上体を抱き起した。お長の持って来た湯呑の水でそれを飲ませる。

源太郎が、バーンズ診療所へ使いに行った若い男と一緒に部屋へ入って来た時、弥平はとろとろと眠り出していた。

「早かったね」

源太郎をみて、麻太郎はそれだけいい、すぐに受け取った薬剤を調べ、持って来た黒革の箱を開いて医療用の器具を取り出している。

「ちょうど、君を訪ねて診療所へ行っていたんだ。薬やなんかはバーンズ先生とマギー夫人が用意してくれて、使が人力車を持って来ていたんで、それに乗って来た」

麻太郎の耳に口を寄せて訊いた。

「血を吐いたと迎えの男がいっていたが、胸の病いか」

「いや、喀血ではない。吐血だ」

「肺病と違うのか」

「出血したのは胃の潰瘍だ」

「そんなのもあるのか」

お長が二人の間に割り込んだ。

「あの……うちの人は労咳《ろうがい》なんですか、皆さんが伝染《うつ》るって大さわぎして……」

麻太郎が大きく否定した。

「労咳ではありません、胃の病いです」

「伝染る心配はないと……」

「その通りです」

お長が出て行ったが、人々はもう逃げるように帰った。

残っているのは麻太郎と源太郎の二人。

お長が小さく呟いた。

「お父つぁんのいう通りだね、妾になんかなるもんじゃない。もし血を吐いたのがあたしなら、旦那は尻に帆かけて逃げただろうよ」

外を焼芋屋が昔ながらの呼び声で流して行った。

# 四

大黒屋弥平は十日ばかり水谷町の妾宅で病臥し、まだ起きるのは無理だと周囲が制《と》めるのをふり切って人力車で北新堀町の本宅へ帰った。

「まあ、いくら面《つら》の皮が厚くても、妾の家じゃ、そうのんびりと寝てもいられないでしょうよ。見舞に来る人だって、困っちまうでしょうし、外聞が悪くて仕様がありませんよ」

大川端町の「かわせみ」では御用聞の酒屋から噂話を聞いたというお吉が早速、奥へ来てるいに報告し、傍に居合せた花世がいった。

「あの人は、麻太郎さんのおかげで命をとりとめたんです」

大黒屋弥平のかかりつけであった石田東庵という医者なら、間違いなくあの世へ行っていたと声高にいうのを、るいがたしなめた。

「ここだからいいけれど、花世さん、あまり、外ではおっしゃらないほうがよろしいですよ」

「かまいませんよ。みんな、そういっているのですもの。大黒屋も愚かです。久太郎という子供を手遅れで死なせているのに、今でも大黒屋の車夫が風邪ひいたの、お腹が痛いのっていうと、東庵先生の所で薬をもらって来いなんていってるんですって」

「それは、昔からのおつき合いで……」

「竹藪とつき合ったっていいことなんか何もないでしょう」

花世は鼻の先で笑いとばしたが、るいやお吉にはわかっていた。

親代々、同じ町で暮している者は豆腐屋や魚屋のような棒手振《ぼてふ》りでも、長いつき合いの者を理由もなしに取り替えるのは義理の悪いことのように思ってしまう。かかりつけの医者においてをやで、まして、日頃、昵懇《じっこん》にしていた漢方の医者から、西洋で修業して来た若い医者へ鞍替えするのは勇気の要《い》ることに違いない。

知識層の人々は別にしても、庶民はいつの時代でも急な変化をのぞまない。

麻太郎もそのあたりは承知していて、大黒屋弥平がすっかり回復してからは、病後の養生や少々の注意を丁寧に説明して、その後は自分から立ち寄ることもしなかった。

正直の所、麻太郎の日常はかなり多忙であった。バーンズ診療所はいつも患者で混雑していたし、英語の出来る麻太郎を名指して往診を求める外国人の患者も少くない。

麻太郎自身、余分の時間があれば目を通さなければならない医学書が数多くあった。日本にとっても、医学は日進月歩の時代であった。

築地居留地の教会にクリスマスの飾りつけが出来た朝に、バーンズ診療所に源太郎が来た。

「大黒屋弥平が妾宅で死んでいるのがみつかったらしい」

源太郎の母親の店の者が知らせて来たもので、死んだのは昨夜の中《うち》、どうやら河豚《ふぐ》の毒に当ったようだ、という。

「歿ったのは弥平と妾のお長、お長の父親の彦六の三人と聞いた」

どうしたものかとためらいながら、結局、麻太郎は源太郎と一緒に水谷町へ出かけた。

妾宅の周辺は物見高い人々でごった返していた。

ちょうど巡査が来ていて、検死をしたのは石田東庵で、その東庵から報告を聞いた巡査が馬鹿馬鹿しいといった表情でさっさと帰って行く。

「間違いなく河豚の毒でやられたのか」

声をかけた源太郎に、東庵がなにを今更という表情で答えた。

「左様でございます。弥平旦那はもともと魚河岸で働いていて、今でも自分で河岸へ行って気に入った魚を買って来て自分でさばくそうでして。昨日は河豚のいいのがあったとかで、魚河岸の連中が、河豚は毒があるから、専門家にさばかせたほうがいいというのを、何度も経験があるからと持って帰ったと巡査の旦那に魚河岸の連中が申し上げたそうでございますよ」

家の中ではこの家の差配とかけつけて来たらしい大黒屋の奉公人が額を寄せて話し込んでいる。

源太郎がそちらへ向い、麻太郎は部屋へ入った。

三人の死体はまだそのままで、土鍋のかかった大火鉢のまわりには小鉢や箸、徳利や盃などが散らばっている。

鍋や小鉢、徳利なぞを注意深く調べていた麻太郎が戻って来て差配と奉公人になにかを命じ、先に外に出ていた源太郎の所へきびしい顔で戻って来た。

「河豚の毒じゃない。シアン化カリウムだ」

ええっ、と源太郎が声を上げげ、その源太郎をうながして、麻太郎は川沿いの道を歩き出した。

「シ……なんとかというのは西洋の毒か」

「青酸カリともいう。猛毒だよ、ひとつまみで馬をも殺す」

「そんな毒を薬種問屋が売っているのか」

「いや」

麻太郎が、軽く首をかしげた。

「薬種問屋では扱っていないと思うよ。仮に持っていたとしても、そう簡単に売りはしない筈だ」

「他の毒物ではないのか。例えば、毒人参とか、とりかぶととか……」

「独特の臭いがするんだ。アーモンド、巴旦杏《はたんきょう》のことだが、その香りに似たような臭いが死者の口からする。勿論、ほんの僅かだが、わたしはイギリスで、シアン化カリウムで自殺した人の検死に立ち会わせてもらったことがあって、その時、先生から教えられた」

「日本にも、そんな毒物が入って来ているのかな」

「毒物としてではなく、なにか、他の使い方があるのかも知れないよ」

マギー夫人に訊ねてみようといい、麻太郎が足を早めると、源太郎もついて来た。

バーンズ診療所に帰って来た麻太郎から話を聞いて、マギー夫人は、

「人の身近かにあるもので、口にしたら危険なものは、けっこう多いのですよ。毒として使う時は、畑の虫を殺したり、鼠退治とか、シアン化カリウムは金の製錬やメッキなどにも用いられていますけれど、そういう仕事をする人は充分、注意しているでしょうから……」

勿論、日本でも古くから使用されているのではないか、といわれて、麻太郎が考えた。

「仏像などは金メッキをしていますね」

黄金色に輝く仏像には金箔を貼ったり、塗りつけたりするものもあるが、金メッキのも少くない。そういう仕事をする人の手許に製作過程に必要なシアン化カリウムがあっても不思議ではない。

「大黒屋弥平に怨みを持つ人間の中に、金メッキなんぞの仕事にかかわり合いのある者がいないか調べてみますよ」

源太郎は張り切って帰って行った。

「誰か、シアン化カリウムを口にして死んだ人がいるのですか」

マギー夫人に訊かれて、止むなく麻太郎は大黒屋弥平が妾宅で河豚を食って、妾とその父親と三人が歿った話をした。

「毒のある魚を食べて人が死んだという話は前に聞いたことがありますよ。河豚という魚は内臓に毒があるので、調理する時はその部分を取り去って、きれいに水洗いして食べれば大丈夫というそうですが、わたしは嫌ですね。そういう危っかしいものは頂きません」

バーンズ先生の奥さんのたまき夫人が話に加わった。

「でも、とてもおいしい魚とか申しますよ。一度、口にしたら病みつきになるとか。上方には、河豚だけで商売をするお料理屋さんもあるそうですけれど、東京ではどうなのでしょうか」

「よしましょう。好奇心の強いリチャードの耳に入ったら、ためしにみんなで食べに行こうなどといい出しかねませんから……」

マギー夫人がぴしゃりといってその話はそれきりになった。

幸い、マギー夫人の弟であるリチャード・バーンズ先生は往診に出かけていて留守であった。大黒屋弥平と妾のお長、父親の彦六の三人は河豚に当って歿ったということで、特にお上の取調べを受けることもなかった。

世間の評判になったのは、大黒屋弥平の遺体は北新堀町の本宅に運ばれ、盛大な葬儀が行われたが、それとは別に、お長父娘の弔いもささやかながら、大黒屋の菩提寺から僧侶が呼ばれ、通夜、野辺おくりと手順をふんで、町内の人々で弔問に行った者にはけっこうな供養の御膳が出て、近所の子供達に慣例でばらまかれた菓子袋の中身も、そのあたりで売っている駄菓子ではなく、日本橋、西河岸町の栄太楼の甘名納豆《あまなつとう》と梅ぼし飴という豪華版で、もらった人々を仰天させた。

そうした噂が一段落すると、やがて年が改まって七草も過ぎる頃、

「大黒屋は、やりての旦那が歿ってどうなるのかね」

と無責任な世間の噂とは裏腹に、暮から正月にかけて人力車の需要が鰻上りで、いつの間にか、人力車の数も二倍に増え、車夫も若くて威勢のいいのが勢揃いして、日本橋界隈では押しも押されもせぬ大繁昌の俥宿にのし上った。

「驚きましたよ。あのおとなしやかな御新造さんのどこにあんな商才があったんですかね。ここ何年も、お上が陸軍の兵士になれば一日六合もの白い飯が食えるの、日当は六銭だのって、鉦《かね》や太鼓で若い衆を集めていなさるが、いくら飯や銭がいいからって、いざ合戦となりゃ、先頭に立ってどんぱち、どんぱち鉄砲玉の中をくり出さなけりゃならない。それにひきかえ、大黒屋に奉公すりゃ器量よしのお内儀さんに色っぽい声で、ご苦労様の、行っておいでのと送り出され、帰

ってくりゃあ、お手ずからお茶だ弁当だって優しくしてもらえる。どっちに軍配が上るかってい
やあ、さしずめ大黒屋ってとこじゃありませんか」

と「かわせみ」でも、お吉が盛大にまくし立てるほど、大黒屋の女主人津也子の人気は高い。

そんな正月の「かわせみ」で、千春は少しばかり気になっていることがあった。

近頃、花世が頻繁に畝源太郎の家へ出かけて行く。かと思うと、勤めているA六番館女学校の仕事が忙しくて、下宿にしている「かわせみ」への帰りが遅くなると、何故か源太郎が居留地まで迎えに行くらしく、二人揃って「かわせみ」へ戻って来る。そういう時は途中で蕎麦屋か鰻屋へ寄り道して来て、

「すみません。源太郎さんとすませて来ましたから……」

出迎えたお吉に、花世がいくらか気恥かしげに晩飯はいらないと断りをいっている。

更にいえば、新年になってから、花世の父の麻生宗太郎が前にもましてしばしば狸穴《まみあな》の方月館診療所からやって来て、るいの居間で長話をし、夕餉をるいと共にして帰って行くことにも少々、気持がひっかかっていた。

もっとも、麻生宗太郎の来訪は「かわせみ」に厄介になっている娘のことを気にかけてであり、るいとの話も大方は花世についてであった。

夕餉にしても、千春や花世も同席するし、そこでは、もっぱら宗太郎が昔から「越後屋」と呼んでいる日本橋の呉服屋は御維新後、正しくは「三越呉服店」というのだが誰もそのようには呼ばないので経営者は困惑しているだの、幕末から明治にかけてアメリカやイギリスを巡業して来

た柳川蝶十郎という手品師がこの春、神田の席亭に出るらしいなどと次々に新しい世間話をして、それを、るいが楽しそうに聞いている。花世は話しているのが自分の父親なので遠慮なく口をはさんだり、勝手な感想を述べたりしているが、千春はどうもその仲間には入って行けない。

別に自分がよけいものにされているとは思っていないが、黙々と飯をすませ、後で花世の部屋へ話でもしに行ってみようと考えていると、母親から、

「花世さんの所には源太郎さんがみえていますから……」

と、暗にお邪魔をしないように制《と》められてしまう。

千春は面白くなかった。

昨年の正月には、花世の所へ源太郎がやって来ると、千春も加わって歌留多《かるた》や双六《すごろく》で遊んだり、お喋りをしたりで時の過ぎるのを忘れるというのが常であった。

どうして自分だけがその仲間の輪からはずれてしまったのか。

その理由が知りたいと思いながら、千春の足は無意識に築地居留地のバーンズ診療所へ向っていた。

が、着いてみると診療所の外に人力車が停っていて、診察室の窓の外から眺めると、診察室には麻太郎と、みるからに大家の奥様といった上品な女性が向い合って話をしている。そこへ、千春も顔を知っているマギー夫人が入って来て、女性に薬包らしいものを手渡した。それをきっかけに女性が立ち上り、マギー夫人と共に出て行った。

千春が驚いたのは、麻太郎が窓の所へ来て、内側から開けたからである。

「千春、そこで待っていてくれ。すぐ行くからな」

声をかけて窓を閉め、奥へ姿を消した。

茫然と突っ立っている千春の目の前で、診療所から出て来た女性が待たせておいた人力車に乗って走り去った。

お納戸《なんど》色の小紋に利休茶の羽織、たおやかな後姿が瞼に残って、ぼんやりとたたずんでいると、

「どうした、千春、なにを見ている」

いつの間にか、麻太郎が背広の上に灰色のコートを着て近づいてきた。

「今の人、なにしに来たんですか」

考えもなく、声が出た。麻太郎と親しげに話をしていたのが、千春を苛々させている。

「なにしにって、患者だよ」

「病人なの」

我ながら素頓狂な声が出て、千春は狼狽した。診療所で医者が向い合っていれば患者に違いない。その常識が今の千春からは抜け落ちている。自分は兄の前にいた、あの美しい人に嫉妬したのかと、千春は体中が熱くなった。麻太郎のほうは屈託がなかった。

「腹減ってないか。精養軒へでも行って、なにか食おう。飯に早けりゃ、千春の好きな西洋菓子でお茶でもいいよ」

「兄様、診療所は……」

「今日は土曜、本当は正午までなんだが、急患があったのでね」

「さっきの人が、そうなのですか」

歩き出しながら千春は訊き、もう見えなくなっている人力車の行方をふりむいた。

「千春は、大黒屋の事件を知っているんじゃないか」

今の人は大黒屋の主人の女房だ、といわれて、千春は昨年の暮の出来事を思い出した。

「河豚で死んだのでしょう。お妾さんの家で」

それは新聞にも出て、千春も読んだ。

「御商売を生き残った本妻さんがひきついで、御繁昌しているという……」

「その通りだよ」

「働きすぎて、御病気になられたのですか」

素直な千春の言葉に、麻太郎は視線を空へ向けた。冬の陽はすでにかげりはじめて、波止場のむこうを夕鴉《ゆうがらす》が群れて飛んで行く。

「体調もよくないが、あの人が病んでいるのは心だと思うよ」

海からの風に、千春をかばうようにして歩きながら、麻太郎はいつもの彼らしくなく、沈痛にいった。

「わたしはあの人を以前、そこの波止場でみたことがある。あの人は車夫と一緒に海を眺めていた。車夫の姿をしていたが、どこか毅然としていてね。わたしは元は武士ではなかったかと思ったものだ」

黙ったまま、千春は麻太郎の声を聞いていた。大事な話を、麻太郎が自分だけに語ってくれているようで、それがどんな内容であれ胸がさわいだ。

「今日、あの人がバーンズ先生の前で打ちあけたのだがね。バーンズ先生は心に病いを持ったら、心の中にある苦しいものをみんな医者に吐き出してしまいなさいといわれてね、わたしも同席した」

自分が感じた通り、あの時の車夫は土佐藩士で道長治之助という人であったと麻太郎は続けた。

「幕府が瓦解して、藩も消えた。道長さんは江戸詰であったから、そのまま、東京暮し、お乳母さんの実家が仏具屋で、大きな仕事場があって職人を何人もおいているような老舗でね、道長さんはその店の裏にあるお乳母さんの家に身を寄せていたらしい。津也子さんとは道長さんがまだ武士であった頃、親の決めた許嫁でね。世の中が大きく変らなければ、とっくに道長さんの妻になっていた」

「御夫婦になれなかったのですね」

道のむこうに精養軒の入口が見えて来て、千春は話の先を急いだ。麻太郎の話は、賑やかな店の中で聞くにふさわしくないと思う。

「津也子さんの実家は刀剣や甲冑を扱う店だ。頼りになる父親が急死し、母親はそれ以前からの長患いで、一人娘の津也子さんが道長家へ嫁に行ける状態ではない。道長さんのほうも殿様についていて一度は土佐へ行ったり、結局、御暇が出て東京へ戻っても職があるわけではない。二人がめぐり合ったのは、津也子さんが大黒屋の女房になってからで、道長さんは大黒屋の女房が津也子さんとは知らずに車夫としてやとわれたそうだ」

そこで麻太郎は話を終え、千春をうながして精養軒へ入った。

晩飯にはまだ早いこの時刻、精養軒は空《す》いていて、麻太郎と千春のように、洋菓子に紅茶という客がまばらに席を占めている。

「津也子さんは、本当は道長さんと御夫婦になりたかったのでしょうね」

気の毒な人達だというつもりで口に出した言葉に、千春は自分でひっかかった。

好き合った二人が歳月を経てめぐり合った時、女には夫がいた。しかも、その夫は妾を持ち、久太郎という子供まで生まれていた。

とはいえ、大黒屋弥平に本妻を離別する気があったかどうか。仮に妻がのぞんで離縁を承知したとして、去って行く妻に弥平が一銭の金も与えたとは思えなかった。

千春が耳にした限り、大黒屋弥平は身勝手で貪欲な男のようである。

津也子が身一つで大黒屋を出て、道長の所へ行っても、その道長治之助は乳母の家の居候であった。

けれども、大黒屋弥平が歿った今、未亡人になった津也子は繁昌している俥屋の女主人であった。

千春が、はっと顔を上げ、砂糖を千春の紅茶に入れようとしていた麻太郎が、その視線を受け止めた。

「やはり、千春も気がついたようだね」

静かな調子でいいながら、砂糖を紅茶茶碗に落した。

「麻太郎兄様は、いつから気がついてお出ででしたの」

「わたしは医者だからね」

「河豚の時ですか」

「あれは、河豚の毒とは思えない。源太郎君にも話したが、薬物だと思う」

「毒ですか」

「昨日、源太郎君が調べたことを話しに来た。つまり、道長さんのお乳母さんの家は仏具屋で作業場もある。そこでは金ぴかの仏像や仏具を作っているんだ。千春も知っていると思うが、あれは金メッキなんだよ」

金メッキには或る成分が必要で、それは人間が口にすると猛毒となると千春に教えた麻太郎は憂鬱な顔をした。

「およそ、ものを食べる時にする話ではないがね」

「下手人は道長さんですか？」

「いや、実行したのは津也子さんだろう」

夫が妾の家へ持って行く酒に毒物を入れられるのは、妻である津也子の可能性が高いといい、麻太郎は紅茶に口をつけた。

「麻太郎兄様は、さっき、そのことを津也子さんにおっしゃった」

「いや」

「黙っていてさし上げようというわけ……」

「あの人は大事なものを失ってしまった。自分の命よりも大事なものをね」

道長冶之助が東京を去って土佐へ行ったと麻太郎は声をひそめた。

「他言は無用だよ。あの人は旧土佐藩士の仲間と行動を共にするそうだ」

薩長中心の新政府に反発する不平士族の反乱が各地で起り出していた。同時に政府要人の暗殺未遂事件があったりして世の中は不穏であった。

「津也子さんは、昔の恋人と御夫婦になりたい一心で……あんな怖しいことをしてしまったのでしょう。それに手を貸しておきながら、どうして道長冶之助という人は……」

「津也子さんには、武士としての意気地のためといったそうだ。しかし、津也子さんは、わたしに……多分、あの人はわたしが怖くなったのでしょう、といっていた」

「道長さんが、津也子さんを怖いと……」

言葉に出してみて、千春は、胸の奥で合点するものがあるのに気がついた。けれども、それをどう口にしてよいのかわからない。

「千春、お茶が冷《さ》めるよ」

麻太郎が千春に勧めたのは、もうこの話にはこだわりたくないと思ったからで、千春は素直に紅茶茶碗を取り上げた。

けれども、麻太郎が千春を「かわせみ」へ送っての帰り道、思いついて源太郎の住居へ寄ってみると、部屋の中から源太郎と花世がいい争うような声が聞えて来た。で、なんとなく玄関に立ったまま耳をすませていると、二人の話題も道長冶之助と津也子のことであった。

花世が津也子の気持を承知しながら土佐へ去った道長冶之助を激しく非難し、源太郎が麻太郎が感じたのと同じように、

「それは、なんといったらいいのか、道長冶之助がひるんだんじゃないかな」

といっている。

「なんで、ひるむんですか」

子供の時と同じ口調で花世が詰問し、立ち聞きしていた麻太郎は首をすくめた。

昔から源太郎が花世と議論をして勝ち目がなかったのを知っている。

「なんでといわれても困るけれども……要するに、津也子という人は長年、伴《つ》れ添った御亭主を殺しているでしょう」

「でも、それは、道長も合意の上でしょう。毒物だって、道長が用意したのだし……」

「しかし……」

「人殺しをした女と夫婦になるのが嫌になったってことですか」

「まあ、そういうこともあるのではないかと……」

「源太郎さんは、花が悪者に襲われたら、どうします」

花世の舌鋒がいよいよ鋭くなり、麻太郎は口下手な友人を助けようと障子に手をかけた。

「それは勿論、悪者をぶっ叩いて……」

「刃物を持って斬りかかって来て、花が殺されそうになったら……」

「刃物を奪い取って……」

「それでも、花を殺そうと、別の悪者が向って来て、絶体絶命になったら……」

「そりゃあ、そいつらをぶっ殺すかも……」

「花も、源太郎さんを助けようと、一人くらい、殺すかも……そうしたら、源太郎さんは花を人殺しだから嫌いになりますか」

源太郎が大声で答えた。

「そんなことはない。花世さんが何をしたって、わたしは花世さんを嫌いにはなりはしません」

「花も、同じです」

「花世さん……」

「源太郎さんが人を殺して牢に入れられたら、花も牢に入ります……」

「いや、そんなことは……」

「源太郎さんがお仕置になったら、花も死にます……」

源太郎が息を呑むのが障子のむこうに感じられて、麻太郎は障子から手を放し、足音をたてないように玄関を出た。

外は寒気がきびしくなっていた。それでも、どこかに春の気配がするような気分で、麻太郎は頬をゆるめながら、築地居留地への道を歩いて行った。

# 花世《はなよ》の立春《りっしゅん》

## 一

　あと七日で立春という朝に、畝源太郎がいつものように前夜炊いた飯に、熱い味噌汁をぶっかけて食べていると、ひょっこりといった感じで花世がやって来た。

　ひどく思いつめた顔で、

「源太郎さんにお願いがあります」

　という。

　子供の頃から、どのくらい、花世のお願いにつき合わされて、その都度、痛い目に会っているというのに、何故か源太郎は反射的に、

「はい」

　と返事をしてしまう癖がある。で、今も、答えたとたん、心中にむくむくと不安が湧き上って

来るのをこらえながら、花世の次の言葉を待っていると、いつもなら、直ちに放って来る筈の二の矢が来ない。珍らしいことに花世が口ごもっているのであった。となると、源太郎は緊張した。これは容易ならざることをいい出されるに違いない。

花世は小さく咳ばらいをしてそっといった。

「花世のこと、好きですか」

「はい」

と応じて、源太郎はしまったと思った。

先日、言葉の成り行きとはいいながら、花世から、

「源太郎さんが死んだら、花も死にます」

といわれた。つまり、女の口からそこまでいわせてしまったことを源太郎は後悔していた。愛情を告白するのは男の側からするべきであったのに、遅れを取った。

それだけでも花世にかわいそうなことをしたのだから、今度は間をおかず、自分から具体的に嫁に来てくれと頼むのが順であろうのに、いろいろ思うことが多くて再び後手《ごて》に廻った。慌てて、源太郎は大声でいった。

「わたしは花世さんが好きです。子供の頃から、花世さんに嫁に来てもらいたいと願っていました」

花世は赤くなり、うつむいた。そんな花世が愛らしく思えて、源太郎は胸の中が熱くなった。

「では」

と花世の小さな唇が動いた。

「立春に結婚しましょう」

「立春……」

「立春は古くから年の始めとされています。前の日に豆をまいて、魔を祓《はら》い、清々しい気持で迎える日に婚礼をするのはとてもいいと考えました。源太郎さんはどう思いますか」

慌しく源太郎は数えた。

「立春まで、あと七日しかありませんが」

「大丈夫です。今日から毎日、花がここへ通って来て、家の中をきれいにします」

思わず、源太郎は部屋を見廻した。

どちらかといえば、源太郎はまめな性格であった。一人暮しをはじめてかなり経つが、部屋を取り散らかしておくこともないし、二日に一度は箒《ほうき》を使う。深川から長助が来れば、稼業が蕎麦屋なので水廻りは丁寧に片付けて雑巾をかけて行くし、その間には母と一緒に日本橋の店のほうで暮している妹のお千代《ちよ》が、これは掃除、洗濯はもとより、三、四日分の飯のお菜を、下ごしらえしたり、或いは調理したりして行ってくれる。従って、六畳二間《ふたま》に四畳半という源太郎の住居はそれなりに片付いて、格別、汚れてもいない。

「源太郎さんの御膳の仕度もしてあげます。朝早くに来て、炊き立ての御飯を食べさせてさしあげます」

一夜の中《うち》に冷えてしまった釜の飯をちらりと見て、胸を張る。

そんな花世に軽く頭を下げて、源太郎は立ち上った。

今年から源太郎は司法省に出仕している大内寅太郎という高名な法律学者の所に見習として通っている。大内家には源太郎と同じように司法に志を持つ若者が数人、住み込みや通いやらで集っていて、各々に大内寅太郎の仕事の手伝いをしたり、教えを受けたりしている。大内寅太郎が事務所にしているのは木挽町《こびきちょう》の別宅なので、それほど遠くもないが、もう出かけないと決まりの時刻に間に合わない。

「後片付は、花が致しますから……」

といわれて、源太郎は花世に見送られて我が家をとび出した。

一日、大内事務所で働いて夕方、帰ってみると花世の姿はなかったが、居間には膳が出ていて、焼き魚と里芋の煮たのに沢庵漬が切って並べてある。焼き魚を温め、源太郎は満腹し、いつものように夜半すぎまで学習をして眠った。

翌朝、源太郎は大きな物音で目が覚めた。

はね起きて居間へ出てみると台所の土間に釜がころげていて、あたりには米が散乱している。

「お早うございます。お目ざめですか」

と挨拶されて、源太郎は始めて花世がそこに来ているのを知った。

「飯なら、昨日の残りがまだお櫃《ひつ》に充分ありますから……」

一人暮しなのに、以前から家で使っていた釜をそのまま用いているので、一度炊くと二日分は間に合う。

花世は少しばかり眉を寄せて、

「でも、源太郎さんに炊きたての御飯を召し上って頂きたいので……」

せっせと米を拾い集めている。

「すぐに仕度が出来ますから……」

笑顔でいわれて源太郎は困った。今から米を研いで炊いて朝飯をすませて出かけたのでは大内事務所に間に合わない。だが、花世がせっせと働いているのを見ると、何もいえなくなった。止むなく夜具を片付け、部屋の掃除をしはじめると、台所からとんで来て、

「お掃除は、後でしますから……」

箒を取り上げて、台所へ行く。

途方に暮れて部屋の中に突っ立っていると、台所のほうからもののくすぶる臭いと煙が流れて来た。慌てて出て行くと花世が竈《へっつい》の前で悪戦苦闘している。思うように火がつかないとわかって源太郎は花世の隣にしゃがみ込んで手ぎわよく焚きつけた。

「源太郎さん、味噌汁の実はなにがいいですか」

やれやれと立ち上った源太郎に花世は鍋を片手に訊く。

「別に、なんでもけっこうですよ」

つとめて愛想よく返事をすると少々、考えていて、突然、表へかけ出して行った。成程、豆腐屋の売り声が聞えている。それにしても手ぶらで行ってどうすると思ったとたん、かけ戻って来て味噌漉《こ》しをつかんで敷居をとび越えた。で、源太郎が釜の下の薪の燃え具合を見ていると、豆

腐屋の親父と一緒に裏口へ来て、

「源太郎さん、すみません、豆腐のお代を払って下さい」

肩をすくめて頼んだ。

結局、鍋に水を入れ、火にかけるのから、味噌はここ、豆腐を切るまな板だ、庖丁だと世話を焼いている中に時間が過ぎて、

「花世さん、まことにすまないが、もう出かけないと、事務所に間に合わないので……」

おそるおそる声をかけ、源太郎は茶の一杯も飲まずに家を出た。

それでも、その日は終日、

「ごめんなさい、本当にごめんなさい」

と涙ぐみながら自分を見送った花世の顔が瞼の中にあって、

「畝君、どうした、どこか具合が悪いのではないか」

と大内寅太郎が心配して声をかけるほど、源太郎は仕事が手につかなかった。

我ながらお人よしすぎると思わぬではなかったが、その日、土曜で昼すぎに事務所を終え、源太郎は本願寺の近くの菓子屋へ寄って花世の好きなあんころ餅と団子を買った。

いそいそと我が家へ帰りつくと、玄関が開けっぱなしで家の中が丸見えである。

「かわせみ」の女中頭のお吉がなにやら威勢のいい声で指図をし、源太郎も顔馴染の「かわせみ」の女中達が走り廻っている。

「こりゃあ、源太郎坊っちゃん、お帰りなさいまし」

出迎えたのは深川長寿庵の長助《ちょうすけ》で、水の入った手桶を提げ、片手に雑巾を持っている。

「長助、なにか、あったのか」

訊きながら玄関を入って、源太郎は声を失った。開けはなした部屋という部屋の障子がびりびりに破られていたからである。女中達がそれを一枚ずつはずして縁側に運び、破れた紙を取り去って桟に残った紙の部分は水で濡らして丁寧にはがしている。

そのむこうに神林麻太郎の顔がみえて、源太郎は部屋を横切って近づいた。

「なんだ、こりゃあ」

麻太郎が目許を笑わせた。

「ごらんの通り、障子の張り替えさ」

「冗談いうな、昨年の暮に全部、張り替えたばっかりだぞ」

顔を近づけて、麻太郎が教えた。

「破ったのは、花世さんだ」

「いったい、なんだって……」

「わたしが聞いた限りでは、はたきをかけていて破れたと……」

「これが全部……」

「いや、どうせ張り替えるのだからと、みんな破ったんだそうだ」

絶句した源太郎をみて笑いを爆発させた。

「実に花世さんらしいな」

「花世さん、どこにいる」

「みんなの茶菓子を買いに、千春がついて行ったよ」

ここにいると邪魔だからと、麻太郎がうながし、二人は玄関の外へ出た。

「そもそもはビスケットを届けに来たんだよ」

玄関脇の空地で長助が焚火をはじめたのは帰宅した源太郎のためで、風はないがしんしんと底冷えのする午下《ひるさが》りであった。

「ここまで来たら、長助が茫然と突っ立っていて、家の中は障子がびりびり、花世さんがせっせと破いているんだ。訊いてみたら、障子を張り替えるという。だから、るい叔母様の所へ行って助勢を頼んだ」

源太郎君は立春の日に、花世さんと婚礼をするそうだね、といわれて、源太郎は目から火花が散ったような気分になった。

「花世さんがいったのか」

「ああ」

源太郎の表情に眉を寄せた。

「源太郎君は不服なのか」

「いや、不服ではない」

「ならばいいが……」

焚火に手をかざして麻太郎は親友を眺めた。

「花世さんは一生懸命だよ。婚礼の日までに、二人の新居をきれいにしたいと夢中になっている。いじらしいくらいだ」

長助が大きく合点した。

「若先生のおっしゃる通りでござんす。花世様をこんな少《ちい》せえ頃からみて来たあっしですが、あんなに一生懸命な花世様をみるのは、これが初めてで……」

「るい叔母様もそうおっしゃったよ。さっき、一度、様子をみに来られてね」

破り取った障子紙をひとまとめにしたのを抱えて、お吉がやって来た。焚火にくべようというわけで、

「本当に花世嬢様はいじらしいですよ。たったお一人でお住居の清掃をなさろうなんて、最初っから一声かけて下されば、みんな喜んでお手伝いに上りますのに、全く、水臭い」

若旦那も若旦那ですよ、と源太郎の肩を軽く叩いた。

「いくら、お嫁様になるお人だからって、花世様お一人に何もかもやらせようというのは御無理と申すものですよ。なんてったって、元を正せばお旗本のお嬢様なんですから……」

源太郎が慌てた。

「いや、別に、わたしは……」

「これからもあることでございます。そういう場合は御遠慮なく、かわせみにおっしゃって下さいまし」

道のむこうを、花世が千春と戻って来た。

「お吉、花世姉様が、お吉が好きだからって福屋の豆大福を買って下さいましたよ」

千春の声で、お吉が相好《そうごう》を崩した。

「まあ、有難う存じます。花世様はいつもお優しくて……」

賑やかな女達の会話を耳にしながら、麻太郎は並んでいる友人を見た。源太郎はいつもの源太郎らしくない、どこか憮然とした表情をしている。

二

狸穴《まみあな》の方月館診療所から麻生宗太郎が「かわせみ」へやって来たのは、宿泊客が朝餉をすませて次々と出立して行く時刻であった。

お吉の知らせで出迎えたるいに、

「花世はいますか」

と、日頃、何があっても慌てたり、驚いたりということのない宗太郎がこの寒空に額ぎわに汗を滲ませ、挨拶抜きで訊く。

「今しがた、女学校へお出かけになりましたけれど……」

答えながら、るいは年上の余裕で微笑した。

「昨夜、畝源太郎さんが狸穴へお出でになったのでしょう」

どうぞ、お上り下さい、とうながされて、宗太郎は手拭で汗を拭きながら下駄を脱ぎ、るいの後について奥へ通った。

居間は温かった。長火鉢にかかっている鉄瓶が白く湯気を上げている。るいが宗太郎用と決めている座布団を長火鉢の前へおき、自分は向い側で茶の仕度を始める。

「おるいさんはこの立春に、源太郎君と花世が婚礼を挙げたいというのを御存じですか」

座布団に腰を下し、宗太郎は漸《ようや》く我を取り戻したような気持になった。

「実は私も突然、昨日、花世さんからうかがいました」

「突然ですか」

るいが香ばしい焙じ茶を筒茶碗に注いで、宗太郎の前へおいた。

「源太郎さんは、少し、考えさせてくれとお返事をなさったとか……麻太郎さんが知らせてくれました」

「心配して、源太郎君について来てくれたのですよ」

「源太郎さんでは、お気に召しませんの」

柔かな視線でみつめられて、宗太郎は筒茶碗に手をのばした。

「源太郎さんは御自分が正規の職についていないことを、花世さんのお父様がどう思われたか、とても心配していましたよ」

宗太郎が軽く首を振った。

「彼は立派ですよ。殆んど独学で司法を学び、大内先生に認められて事務所へ入った。大内先生のお弟子の中でも頭一つぬきんでていると評判ですからね」

「でも、花世さんを取られるのはお嫌なのでしょう」

「正直の所、よく、あのはねっかえりのじゃじゃ馬を貰ってくれると感謝しています。源太郎君にしたところで、余程、寛容でないと長続きはしませんよ」

「麻太郎さんがおっしゃっていました。源太郎さんは子供の時から花世さんが好き。なにしろ、源太郎さんの初恋は七歳の時、お相手は花世さんとのことですもの」

黙って茶を飲んでいる宗太郎へ、さりげなく続けた。

「憶えていらっしゃいますか。花世さんが虫歯をお父様に抜かれるのが怖くてお屋敷を抜け出して、たまたま出会った源太郎さんが日比谷の鯖稲荷《さばいなり》へおまいりにつれて行ったのだそうですよ」

「鯖稲荷ですか」

宗太郎が遠い目をした。

今もある日比谷稲荷は江戸の頃、歯痛の神様で、護符を頂くと痛みが消えるといわれ、首尾よく痛みがなくなったら、御礼に鯖を供えるようにと信じられていた。

「でも、お稲荷さんにおまいりしても花世さんの歯の痛みはおさまらなくて、お家へはどうしても帰りたくない。それで二人は狸穴の方月館へ向ったのですって」

漸く、宗太郎もその昔の事件を思い出していた。幼い源太郎と花世が救いを求めて狸穴へ向ったのは、その夜、神林東吾が方月館に泊っていたので、その当時の方月館は江戸で屈指の剣道場であった。

「随分、むかしむかしの話ですよ。あの二人は方月館へ来る途中、迷子になって、あげくの果は放火犯とぶつかって……。わたしは源太郎君の父上と、二人の子を探して虎ノ門から芝神明さん界隈をそれこそ狂気のように走り廻らせられたのです。あれから十五年、いや、十七、八年の歳月が経っているのですね」

居間の障子が開いて、お吉が膳を運んで来た。

炊きたての飯に熱々の味噌汁、宗太郎の好物の豆腐の揚げ出しは生姜のきいた餡がたっぷりかかっている。小鰯を骨まで柔かく煮ふくめたのに、蕪蒸《かぶらむ》し。

「やあ、これは御馳走だ」

宗太郎が若々しい声を上げ、るいを眺めた。

「どうして、わたしが朝飯抜きとわかったんです」

いいさして自分から笑い出した。

「そうか、おるいさんには昔っから、なにもかもお見通しでした」

箸を取った宗太郎の膝に二つ折りの手拭をかけながら、るいがそっといった。

「私も人の子の親でございますもの」

花世が幼馴染の源太郎と夫婦になることを本心では喜びながら、一人娘を嫁に出す父親の口に出せない寂しさを抱えて、宗太郎が「かわせみ」へやって来たことを、るいは勿論、お吉も、玄関で出迎えた嘉助もすみやかに感じ取っていた。

「そうだな。お吉さんも、嘉助爺さんも古いつき合いだからなあ」

膳の上のものを片端から平げながら、宗太郎が呟き、お吉が貫禄たっぷりに応じた。

「花世嬢様がお嫁入りなさって、お寂しくおなりになりましたら、いつでも、かわせみへお出で下さいまし。召し上りものだけは、充分、心得て居りますので……」

るいがはなやかにつけ加えた。

「色気のないことで申しわけございません」

気がついたように宗太郎が箸をおいた。

「実は色気のあることで来たのでした、どうも、ここへ来るとのんびりしてしまって……」

膝に両手をおいて頭を下げた。

「おるいさんにお願いします、花世の嫁入り仕度について……。男親には何をどうすればよいのか、全くお手上げなのですよ」

## 三

二日間、家庭の事情と称して築地居留地のＡ六番館女学校を休んだ花世が三日目にいつも通り登校すると、控室の雰囲気がひどく緊張していた。

二人の男性教師が申し合せたように部屋を出て行き、取り残された松本きみという若い娘が、

「花世先生」

と呼びかけながら近づいて来た。彼女は教師ではなく、Ａ六番館で働く教師の助手といった形で、もっぱら世話係として働いている。

「御存じですか。やっぱり、ジュリア先生は三月に旦那様と広島へ行かれるそうです」

松本きみがジュリア先生といったのは、明治二年に米国長老教会から日本に派遣された宣教師

クリストファ・カロザスの妻のジュリア夫人のことであった。

築地居留地のA六番館はもともとカロザス夫妻が借りた住居で、その切妻二階建の洋館でカロザスがまず英語塾を開き、そこに男装して通う女子学生があったことから、その向学心に感動してジュリア夫人が女子のための小さな私塾を作った。それが、花世が最初、生徒として通い出したA六番館女学校であった。

つまり、ジュリア夫人の個人的な英語教室といった規模のものであったが、僅か六年の間に四十名からの女子生徒を育てて来た。

けれども、ここにおいて、夫のカロザスが、他の宣教師達と意見が合わず、宣教師を辞任し、新しく文部省の御雇教師として広島の英語学校へ移ることになり、ジュリア夫人も同行するというのは、だいぶ前から生徒間の噂になっていた。

「ジュリア先生が生徒さんに、これから先はお隣のB六番館女学校へお行きなさいっておっしゃったそうです」

B六番館女学校というのは明治七年に出来たもので、A六番館女学校がジュリア夫人の私塾であるのに対し、米国長老教会によって開設された日本の女子教育の草分けというべき存在であった。

「行きたい人はそうすればいいでしょう」

不機嫌そうな顔で花世は控室を立ち去った。

三月にジュリア夫人が広島へ去るというのは、A六番館女学校の廃校を意味していた。

それはそれで仕方がないと思いながら、花世は憂鬱であった。Ａ六番館女学校がなくなれば、花世は職を失うことになる。

給料というにしては、あまりにも微々たる金額で、今まで花世はその殆んどを小遣いとして費消していた。それがなければ生活出来ないというものではない。

下宿している「かわせみ」には、父の麻生宗太郎が毎月、然るべき下宿料を届けてくれている筈で、そのことについて、るいは何もいわないが、花世としては子供の時と同じように気儘な暮しをしていた。

けれども、今、花世が途方に暮れているのは、間もなく畝源太郎と夫婦になる点であった。娘であれば、いくら親から援助してもらっても気持の負担にはならなかった。父一人、娘一人の麻生家である。

花世が畝源太郎の妻となっても、父は娘が月々の仕送りを頼めば、黙ってそれだけのことをしてくれるに違いなかった。が、もし、それを源太郎が知ったら、どう思うか。妻の実家からの援助を決して喜ぶ源太郎でないことを、花世は子供の時からのつき合いで承知している。

第一、これまで源太郎が自分から花世に求婚出来なかったのは、まだ、それだけの収入を得る身分になっていないと思う故で、勿論、源太郎の母親は日本橋に古美術や骨董の店を出していて今のところ、商売は繁昌している。

別居していても、親子関係が悪いわけではないから、息子が嫁を迎えるとなれば、それなりの配慮をしてくれるであろうが、源太郎がそれを望まないのもわかっている。

どこかで、誰かが自分の名を呼んでいると気がついて、花世は顔を上げた。隅田川沿いの道に神林麻太郎が立っていて、花世へ片手を上げている。黒革の鞄を提げているところをみると、どこかへ往診に行った帰りらしい。

「今、帰りかい」

傍へ来て、いつもの人なつこい微笑を浮べた。

「なに、考えていた」

赤くなった花世を見て、続けた。

「大方、源太郎君のことだろう」

否定しようとして、花世は別の言葉を口にした。

「麻太郎さんに聞いてもらいたいことがあるんだけども……」

麻太郎が目を細くした。

「お安い御用。どこで聞こう」

花世はあっけにとられていた。麻太郎がこういう調子で話すのを、花世は聞いたことがなかった。

「どこでもいいですけど……」

「では、バーンズ診療所へ、どうぞ」

歩き出した麻太郎の背中を眺めながら、花世は後に従った。まさか、バーンズ診療所を指定されるとは思わなかったが、そこは困るという理由もなかった。

表の壁面に鶏の鏝絵《こてえ》のあるバーンズ診療所は、この時間、もうひっそりとしてバーンズ先生の姉で薬剤師のマギー夫人が待合室のストーブの前で編物をしていた。

「只今、帰りました」

と挨拶した麻太郎に、

「御苦労様でした。先生は居間で患者さんと西洋将棋《チエス》をしてお出でですよ」

と教え、続いて入って来た花世に、

「いらっしゃい。外は寒かったでしょう」

ストーブの傍へどうぞと勧め、自分は立ち上って台所のほうへ出て行った。

居間のほうで麻太郎がバーンズ先生に往診に出かけた患者の容態の報告をしている声が聞える。

花世がぼんやり突っ立っているとマギー夫人が二組の紅茶茶碗と毛糸編みのカバーのかかった大きなポットを持って戻って来た。手ぎわよく紅茶を注いでいる所へ麻太郎が来る。

「わたしは少し買い物があるので出かけます。ここが温かいので、どうぞお使いなさい」

「有難うございます。そうさせて頂きます」

麻太郎がマギー夫人を見送り、椅子の一つに腰を下したので、花世は向い合って座った。

その花世に紅茶を勧め、麻太郎は自分も一つを取ってゆっくり飲んでいる。

胸の中からなにかがこぼれ出すように、花世は話し出した。とりとめもなく、心にあるものをみんな吐き出してしまった時、麻太郎がぽつんといった。

「源太郎君から立会人を頼まれています」

「立会人……」

「仲人のようなものですかね。一応、わたしと千春ということになっているのですが……」

花世には初耳であった。

「源太郎君は花世さんがきれいに掃除をしてくれた自分の家で、わたし達を立会人にして盃事、三三九度というのを二人だけで取り行いたい。勿論、その前に麻生宗太郎先生にきちんと挨拶をしてお許しを頂いてのことだといっていましたがね」

花世が大きく合点した。

「花も、それがよいと思います」

「宗太郎先生がなんとおっしゃるかわかりませんよ」

「父は父、花は花です」

小さく麻太郎が笑った。

「花世さんに貧乏暮しが出来るかな」

「出来ます。ただ、花は仕事を失ったので、源太郎さんを助けてあげることが出来ません」

それが悲しいといいかけた花世を麻太郎が遮った。

「ちょうどいいではありませんか。源太郎君が出勤したら、まっすぐ、るい叔母様の所へ行けばいい」

「かわせみ、ですか」

「花世さんが針仕事が苦が手なのは知っています。しかし、女房になったら、苦が手ではすまされませんよ。他人に頼めばよけいな金が入用になります」

「お針は、自分でします」

「お吉さんに教えてもらうのがいいでしょう。勿論、喜んで教えてくれるし、指南料も取らない。板前が手のあく時間になったら、飯の炊き方、汁の作り方、魚のおろし方、いろいろ習うことです。先方は宿屋ですから材料はいくらでもある。出来上ったその日のお菜はもらって帰って、源太郎君と晩飯に食うといい」

花世が手を叩きかけ、麻太郎を窺った。

「そんなこと、出来ると思いますか」

「わたしが、るい叔母様にお願いしてみましょう。るい叔母様は、けっこう女長兵衛ですからね。嫌とはおっしゃらないでしょうよ」

顔を上げて、窓の外を見た。

「今から大川端へ行きませんか。なにしろ、もう立春の日が迫っています」

「でも、患者さんが来たら……」

「診療時間はとっくに終っています。急患はバーンズ先生にお願いしましょう。待っていて下さい。先生のお許しを頂いて来ます」

せっかちに麻太郎が立って行き、花世は両手で上気した頬を押えた。

## 四

立春の日、花世は朝早くに畝源太郎の家へ行き、丁寧に掃除をすませ、出がけにるいが風呂敷に包んで渡してくれた赤絵の壺に、これも用意してもらった松竹梅の包を開いて、壺に活けた。

そこへ、源太郎が帰って来た。

「これを、お袋が床の間へ掛けろというものですから……」

桐の箱から取り出した掛け軸は鶴亀である。

並んで二人が眺めていると、表に大八車の停る音がして、長助の声が玄関に聞えた。

「ええ、今日《こんち》は、まことにおめでたいことでございまして……」

紋付袴の長助が若い者と一緒に運んで来たのは金屏風で、床の間の脇のいい位置に広げられる。

「長助親分、こんなもの、どこから……」

花世に訊かれて、長助がぼんのくぼに手をやった。

「実は、昨日、宗太郎先生が御自身でお出でになりまして……」

狸穴の方月館から金屏風一双を大八車で運ばせて来たのだという。

「昨日、こちらへお運び申したんでは、多分、お邪魔になるってえことで、一晩おあずかりして、只今、こちらへ……」

改まって畳に手を突いて頭を下げた。

「今日はお日柄もよく、お天気もこの通りで、源太郎坊っちゃんと花世お嬢さんの御婚礼にはまたとない吉日でござんす。あっしは、もう嬉しくって、有難くって、昨夜はとうとう、まんじりとも致しませんでした」

大八車を曳いて来た長助の孫の長吉がすっぽ抜いた。

「嘘でございますよ。昨夜はめでてえ、めでてえって酒飲んで、さんざっぱら泣いたあげく大鼾《おおいびき》をかいて寝ちまったんですから……。爺さんも年齢《とし》でございますね」

賑やかな笑い声の中に、もう一台、大八車が着いた。

「かわせみ」のお吉が指図して運び込んだのは夫婦布団で、畝家の家紋の丸に三《み》ツ柏《がしわ》と麻生家の揚羽蝶を染め出した油単《ゆたん》がかかっている。

そこへ麻太郎が千春を伴って到着した。

金屏風の前に座った源太郎は紋付袴、花世は振袖だが、どちらも新調したものではなかった。麻太郎と千春にしても、新郎新婦に準じた装いで、麻太郎が三宝にのせた瓶子《へいし》を、千春が盃台を捧げて二人の前にすわる。

ひっそりと鎮まり返った三三九度の盃事であった。

家の中は四人きりだが、外には長助とお吉をはじめ、畝源太郎と花世の祝言を知って集って来た近所の人々がひどく嬉しそうな表情で見守っている。

更に離れた町角に、人力車が二台、停っていた。どちらの人力車の上にも大きな風呂敷包が一つずつおいてあり、人力車の傍には、るいとお千絵がより添って立っていた。

「おるい様……」

お千絵が涙のたまった目で、るいをふりむいた。

「とうとう着てもらえませんでしたけど、これはこれで、よろしかったような気持が致します」

るいがゆったりとうなずいた。

「お千絵様のおっしゃる通りだと思います。宗太郎様も、お千絵さまと同じことをおっしゃいました。二人の思うようにさせたいと……」

「折角、おるい様が丹精なさった花嫁衣裳でしたのに……」

「お千絵様も、今日に間に合わせようと、徹夜でお縫いになったのでしょう」

「一人では無理でした。おるい様がお吉さんとお晴さんを助っ人《すけと》によこして下さったので、なんとか仕上りましたけど……」

二人が顔を見合せて、同じように微笑んだ。

「宗太郎様がね、桜の咲く頃になりましたら、二人を説得して、あの衣裳を着せ、写真館へ連れて行って写真を取ることにしましょうと……」

るいの言葉に、お千絵が娘の頃のような仕草で手を叩いた。

「宗太郎先生は、今日、どちらに……」

「かわせみで嘉助を相手に一杯召し上っていらっしゃいますよ」

「お寂しそうでしたか」

「口では、我が儘娘が片づいて、肩の荷が下りたとおっしゃいましたけれど……」

道のむこう側から人々の喚声と拍手が聞えて来て、るいとお千絵は伸び上った。

源太郎と花世が門の外まで出て来て、集った人々に挨拶をしている。背後には麻太郎と千春、それに長助とお吉が各々、丁寧に腰をかがめ、頭を下げている。

るいとお千絵はそっとうなずき合い、車夫を呼んで、さりげなく、その場から立ち去った。

## 五

婚礼そのものは短時間で終ったが、その後の源太郎と花世はいそがしかった。

長助があらかじめ用意して、源太郎の家の庭で盛大に餅つきを始めたからである。

無論、源太郎は喜んで自分から杵《きね》を取り、花世も着替えて、お吉と共に出来立ての餅を千切って餡や黄粉《きなこ》をまぶしたり、或いは大根おろしに漬けてからみ餅にしたりして集って来た人々にふるまい、近所にくばっている。

その間には、父親の代からつき合いのあった商家の旦那衆が話を聞いて祝にかけつけて来たりして短かい冬の日はすみやかに暮れて行った。

餅つきの後片付をすべて終えて、長助とお吉が若い者と共に「かわせみ」へひきあげて来たのは、すっかり暗くなってからで、「かわせみ」ではその人々をねぎらう仕度が出来上っていた。

「さあさあ、皆さんはこちらの部屋で一杯やって下さいまし」

御苦労様でございました、と嘉助が梅の間へ若い衆達を案内し、女中達が酒やお膳を運んで行く。

「長助親分は、宗太郎先生がお待ちかねですよ」

るいにうながされて、長助が奥へ入ると障子を開けて宗太郎が出迎えていた。

「有難う。おかげで若い二人が賑やかに門出《かどで》を祝ってもらって……。親として心から礼をいいます」

宗太郎が深く頭を下げ、長助はとび上って廊下に手を突いた。

「とんでもねえことでございます。宗太郎先生にそんなことをされちゃあ、長助は、穴があったら入りてえ気分で……」

まあまあとお吉が長助を居間に押し込み、るいが手ぎわよく酒を勧めた。

「なにしろ、花世の奴に、親は一切、顔出しをするなと釘をさされて、どうしたものかと弱っていたら、おるいさんがすっかり段取りをつけてくれて、おかげで長助親分にもすっかり厄介をかけた」

嬉しそうに長助と盃をかわしている宗太郎の声が、どこか神林東吾に似ているとるいは感じていた。それは、おそらく今日、源太郎と花世が婚礼の式を挙げると知った時、もし、東吾が生きていたら、どんな喜び方をするであろうとすぐに思った気持が後を引いているせいでもあろうか。

そうしたるいの耳に、お吉が泣き笑いで喋っているのが聞えて来た。

「なにしろ、源太郎様にせよ、花世様にせよ、赤ちゃんの時から存じ上げて居りますから、そのお二人が、いつの間にか御立派に成人なさり、御夫婦になるなんて、まあ、長生きはするものでございますね。それにしましても、歳月の経つのがなんと早いこと。この分ですと、わたくしなんぞは地獄まであと一跳《ひとつと》びでございますよ」

「いやいや、お吉さん、地獄というのは案外、遠いものですぞ。お吉さんのまわりには医者が多い。名医の聞え高い神林麻太郎君を囲むバーンズ診療所の方々は、地獄の迎えを追い払うにかけては鬼も逃げ出す猛者《もさ》揃《ぞろ》い、そう簡単には寄せつけませんよ」

宗太郎の言葉に長助が手を打った。

「その通りだ。お吉さん、こちらには宗太郎先生がお出でなさる。宗太郎先生の率いる方月館診療所には宗三郎先生、お弟子さんの先生方が轡《くつわ》を並べてお出でなさるんだ。安心して長生きすることだ。その中には源太郎坊っちゃんのところに愛らしい若様かお姫様がお生まれなさる。あっしはそいつを見届けねえ中は、あの世なんぞ行きたくもねえや」

賑やかに酒が廻り、宗太郎はさりげなく、新しい徳利を長火鉢の銅壺《どうこ》に入れているるいを眺めた。

源太郎と花世が夫婦になった今宵、この人の胸の中にある想いを共有出来るのは自分だけだという気持で、宗太郎はゆっくり盃を干した。

その時刻、畝源太郎の家では最後にやって来た祝客を漸く送り出していた。

最後まで残ってなにかと手伝っていた麻太郎が千春を伴《つ》れて帰り、それを送って外へ出た源太郎は、夜空に月が上っているのに気がついた。で、足を止めて仰いでいると一度、家へ入りかけた花世が戻って来て、同じように月を眺める。

「疲れたでしょう」

自然に花世をいたわる声が出て、源太郎は花世の頰を白く涙が流れ落ちるのを見た。

どうしたのか、と不安が顔に出ると、花世が首を振った。

「やっと、夫婦になれたと思ったら、急に涙が出て来ただけです」

「花世さん」

思わず抱きしめたくなるのをおさえて、源太郎は苦笑した。

「腹が減りませんか」

花世が子供の時と同じ恰好で腹を押えた。

「るい叔母様がお弁当を届けて下さってあるんです。それを頂きましょう」

いそいそと家へ入り、花世が茶簞笥の上の風呂敷包を取った。それを見て、源太郎が炭箱を取って勝手口へ出て行ったのは、炭を足しておこうと思った故である。

そこに、若い女が立っていた。

月光に浮んだ女は瘦せていて、夜の寒さに慄《ふる》えていた。

「こちらに、花世先生、いますか」

細い声で、やっと訊く。

いつの間にか、源太郎の背後に花世が来ていた。

「源太郎さんは花世先生と夫婦になったって本当ですか」

源太郎が口を開く前に、花世がいった。

「松本さんは、源太郎さんを知っていたのですか」

松本きみ。花世が働いていたA六番館女学校で雑用係のような仕事をしていた娘は、今まで花世が見たこともないほど絶望的な顔をしていた。

「わたしは、すぐ、そこの長屋に住んでいます。いつも、源太郎さんにはお世話になっていま
す」

源太郎が、いつも花世が知っている源太郎の声で娘に訊いた。

「どうかしましたか」

「横浜からおっ母さんが帰って来ちまったんです。弟と妹と、生まれたばかりの赤ん坊まで連れて……。いつもの夫婦喧嘩です。でも、家にはおっ母さんのおいて行った妹二人と弟がいるし……第一、うちには今夜のおまんまもないんだし……」

しゃくり上げるようにして娘が泣き出した。

源太郎が神棚から財布をとった。それを見て、花世が訊いた。

「どうして、この人にお金をあげるのですか」

「どうしてって……」

「世の中に困っている人は沢山います。その人達、全部を源太郎さんが助けるわけには行かないでしょう」

「花世先生……」

松本きみが鋭い口調で叫んだ。

「あんた、そういう考えだと、とても源太郎さんの女房にはなれないよ」

黙っている花世を睨みつけた。

「この界隈の貧乏人は、困った時は源太郎さんをあてにしてやって来る。今まで、みんな源太郎さんをあてにしてやって来たんだ」

「それは困る」

源太郎が花世をかばうようにして前へ出た。

「今までわたしは独りだった。けれども、今日からは違う。妻を持ち、一家の主人となったんだ。同じように考えられては困るのだ」

「それじゃ、そのことをみんなにいうんだね。もう、あてにするな。俺には俺の暮しがあるってね」

源太郎が財布からいくらかを摑み出した。

「これで、なにか買って、みんなで食ってくれ。今日、わたしは女房を迎えた晴れがましい日なのだ。祝いだと思って……」

松本きみが源太郎の手を叩いた。

「銭もらいに来たんじゃねえよ」

花世の手の風呂敷包を見た。

「そりゃあ、なんだい、花世先生」

花世が風呂敷包を大事そうに持ち直した。

「これは、今夜のあたし達のお弁当……」

とたんに、松本きみが風呂敷包を奪い取った。

「貰って行くよ。有難う。花世先生」

追いかけようとした源太郎を花世が制した。

「驚いた、松本さんがこの近所だなんて」

花世の声がのんびりと聞えて、源太郎は驚いた。突然の闖入者に対して仰天している様子ではない。

「あの人を知っているんですか」

「Ａ六番館女学校で働いているの。でも、学校はもうすぐ潰れるんだけど……それで、あの人、苛立っていたのかも知れません」

下駄を履いて土間に下り、勝手口を閉めた。

それを見て、源太郎が思いついた。

「長助の所へ行って蕎麦でも食べましょう」

だが、花世は上へあがると、神棚に供えてあったぼた餅を下してつまんで食べはじめた。

それは、今日、長助達が盛大に餅つきをした時、神棚に供えてそのままになっていたものであった。

「花世さん、お茶でも入れますか」

声をかけて、源太郎は花世が泣いているのを知った。その泣き方は源太郎がみても、つい今しがた、夫婦になったのが嬉しいといって涙を流したのとは、全く別の涙であるのがわかる。

源太郎は途方に暮れた。

松本きみに対して泰然自若として応対してみせた花世が固くなりかけたぼた餅を食べながら、ほろほろと泣いている。

# 糸屋《いとや》の女《おんな》たち

一

この春、桜の開花より一足早く東京中の話題を集めたのは、朝野新聞に掲載された尋ね人の記事であった。

「まあ驚きましたよ。京橋の糸屋さんといえば、今評判の女太閤だの尼将軍だのって呼ばれている女主人の店じゃありませんか。そんな老舗《しにせ》の大店が歿《なくな》った跡継ぎさんの忘れ形見の行方が知れないなんて、いったい、何があったってんでしょうねえ」

大川端の旅宿「かわせみ」で一番先にその事件を知ったのは女中頭のお吉で、

「ちょいと番頭さん、みて下さいよ。この新聞のどこだかにその話がくわしく書いてあるってことだから……」

客から借りて来た新聞をひらひらさせながら帳場へ出て来ると運よくそこに神林麻太郎の顔が

あった。

毎週日曜日、格別の用事がない限り、麻太郎は勤めている築地居留地内のバーンズ診療所から「かわせみ」へやって来る。

それは、麻太郎がイギリス留学を終え、日本へ帰って来てバーンズ診療所で医者として働くようになって以来の習慣になっていた。

もっとも、麻太郎の養父母である神林通之進夫妻は御一新後、狸穴《まみあな》の方月館診療所の隣に転居しているので、月に一度は土曜の夕方から、そちらへ帰って一泊することにはなっている。

ちなみに方月館診療所というのは旧幕時代、江戸で屈指の剣道場であったのが、新政府の世になってから病歿した、道場の持ち主、松浦方斎《まつうらほうさい》の志で、麻太郎にとっては叔父に当る麻生宗太郎にゆずられ、診療所として活用されている。

ともあれ、この日曜日、午前中から麻太郎が「かわせみ」へやって来たのは、狸穴へ出かける日ではなかった故で、帳場にいる大番頭の嘉助の平素の苦虫を嚙みつぶしたような仏頂面《ぶつちようづら》が、こうまで変るかと目を疑うような好々爺《こうこうや》になっているのも、そのせいだと「かわせみ」のみんなが承知している。

「遅いよ。お吉さん、その一件なら、たった今、若先生から逐一、うかがった所だ」

得意そうに答えた嘉助の前には、麻太郎が持って来た朝野新聞がおいてある。

そこへ、奥へ続く廊下の暖簾をかき分けて、花が咲いたように、千春が覗いた。

「お兄様、いつまで帳場で油を売っているんですか、お母様がお待ちかねですよ」

「悪い、悪い、今、行くよ」

朴歯《ほおば》の下駄を脱いで、麻太郎が千春の肩を抱えるようにして奥の居間へ行くと、長火鉢の前で、るいが茶の仕度をしている。

「かわせみ」へ来て、麻太郎が最も満足するのは、るいがいれてくれる香ばしい煎茶で、これだけはバーンズ診療所では飲むことが出来ない。

「新茶には、まだ、ちょっと早くて……」

早速、筒茶碗を両手に包み込むように取り上げた麻太郎に、るいが眉をひそめて話し出した。

「今朝、お千絵さんがお出でになって、糸屋さんの大内儀《おおおかみ》さんのお孫さん探しの話、糸屋さんから源太郎さんにお頼みがあったのですって……」

成程、と麻太郎は茶碗の湯気の中で合点した。

親友の畝源太郎は目下、司法試験を受けるための勉強中だが、生活の助けとして「よろず探索仕り候」の看板を出している。

もし、源太郎が糸屋の女隠居から孫探しを依頼されたのなら、自分も出来る限り、手助けをしようと思う。

「るい叔母様は、糸屋について何か御存知ですか。わたしが聞いているのは、生糸を作るヨーロッパ式の製糸工場を経営している大金持というくらいのことですが……」

あっという間に飲み干してしまった麻太郎の茶碗に新しく茶を足しながら、るいは軽く青眉をひそめた。

「たいしたことは存じません。歿った糸屋さんの先代、清兵衛さんは、けっこう派手なお人で、お内儀さんの春野さんに御商売はまかせっぱなし。また、春野さんがよく出来た方で、御主人が外に作ったお子さんを乳飲児の時からひき取って育てられたとか。口でいうのは容易《たやす》いけれど、なかなか出来ることではないでしょう」

千春が無邪気に口をはさんだ。

「春野さんというお内儀さんには子供が出来なかったのですか」

「いいえ、御長男の清太郎さんは春野さんのお子でしたよ」

「春野さんもお気の毒なのですよ。一人息子の清太郎さんが許嫁の娘さんを嫌って、別の娘さんとかけおちをなさいましてね」

とかく、口が重くなりがちのるいに代ってお吉がしゃしゃり出た。

「おまけにそれっきり行方知れず、それで、許嫁の娘さんの御実家に義理が立たないと、清太郎さんを勘当にしておしまいなすったんでございます」

「糸屋さんには他に跡継ぎになるような人はなかったのじゃありませんか」

と麻太郎が訊ねたのは、工場を経営するような資産家が後継者を勘当してしまうのは、いささか乱暴に思えたからである。

「まさか、ひき取って育てたという妾腹の子に、店をゆずるつもりではないのでしょう」

るいが困ったように告げた。

「妾腹のお子は二人とも娘さんなのですよ」

「独身ですか」

「いいえ、二人ともお婿さんをおもらいになっていて、でも、どちらもお子はまだないと聞いています」

実はね、と、るいが苦笑気味に打ちあけた。

「春野さんとわたしは娘の頃、同じ茶道のお師匠様についてお稽古をしていた弟子仲間なのですよ。今も時折、おつき合いがあって。源太郎さんのお母様のお千絵さんも同門のよしみでね」

「成程、それで話が源太郎君の所へ行ったわけでしたか」

さりげなく、麻太郎は長火鉢のむこうのるいを眺めた。決して若くはないが、しっとりと落ちついて、あでやかさを失っていない。その叔母の娘時代の稽古友達であったという糸屋の春野という女主人はどんな人なのかと興味が湧いた。

「その春野さんとおっしゃる方は美人ですか」

るいが微笑した。

「糸屋小町と呼ばれたくらいですもの。ただ、お千絵さんのお話ですと、御心労が重なったせいか、とても心細そうにみえたとか。何か悪いことが起らねばよいがと心配していらっしゃいました」

るいの話を聞き、「かわせみ」で一日を過して麻太郎が築地居留地のバーンズ診療所へ帰って来ると、追いかけるようにして源太郎がやって来た。

「日曜日に、すまない」

知り合いの家の番頭が死にかけている。医者が来ているが、全く手に負えないようなので、診てもらえないかと、いいにくそうな友人の言葉をなかばまで聞いて、麻太郎は薬剤室へとび込み、とりあえず思いつく薬を黒鞄に詰めて診療所をとび出した。

源太郎が用意して来た人力車に分乗して、行った先は京橋の糸屋であった。

表通りに店があり、中庭をへだてて裏側に思い切り広い家族の住居が建っている。

家族専用という玄関の前には、かつて源太郎の父、源三郎の部下で、今は東京警視庁に巡査として採用されている横山忠吉というのが棍棒を手にして立っていた。

勿論、源太郎と麻太郎が入って行くのをとがめるようなことはない。

玄関は格子戸であった。昔ながらの引戸でまん中にねじ込み式の鍵がついている。

鍵は閉っては居なかった。

源太郎が先に立ち、麻太郎が続く。

沓脱ぎ石を上ったところに板敷の部屋があり、その右側の障子が開けっぱなしの状態で、内側が見渡せる。

中年の男が布団に寝かされていて、女が枕許についていた。源太郎をみて、

「あの、お医者様はお帰りになりました。もはや、手のほどこしようがないとおっしゃいまして……」

そっと袖口を目に当てる。

源太郎が麻太郎に紹介した。

「こちらはお雪さん。糸屋さんの女執事とでもいったらいいのかな」

お雪がつつましく否定した。

「そのような御大層な者ではございません。大奥様のお身の廻りのお世話をさせて頂いて居ります」

立ち上って、自分の座っていた場所を麻太郎に明け渡した。

で、麻太郎はその場に腰を下し、横たわっている男の状態を見た。

すでに心臓は停っていたが、顔色はやや、赤味を帯びている。

「こちらは……」

麻太郎が死んでいる男の着衣の乱れを直し、掛け布団を胸まで上げながら、お雪に訊ねた。

「番頭でございます。吉之助と申します」

「このような状態になったのは、何時《いつ》頃のことですか」

お雪の表情が悩まし気にゆがんだ。

「わかりませんのです。女中が知らせに来て……」

お雪の視線の向けられた部屋のすみに、女中がうずくまっていた。麻太郎が優しく声をかけた。

「あなたが、みつけたのですね。さぞ、驚いたでしょう」

凍りついたような女中の表情が僅かばかりゆるんだ。

「大奥様にお茶とお菓子をお持ちして、戻って参りましたら……あの……お八《や》つの時間でしたので……」

傍からお雪が補足した。

「私どもでは、店を閉めてから晩餉《ばんげ》を取りますので、おおよそ八時近くになってしまいます。それで、おしのぎに三時頃、軽いものを頂くようにして居ります」

「すると、番頭さんも……」

「はい」

「女中さんが運ばれるのですか」

女中が激しくかぶりを振った。

「わたしがお運びしましたのは、大奥様とおとよ様御夫婦とおきみ様御夫婦、それにお雪様だけで、奉公人は台所で頂きますから……」

麻太郎が途惑った表情を浮かべ、お雪がそれに気がついたように言葉を足した。

「おとよ様は大奥様の上の娘さんで、おきみ様はその妹さんに当ります。どちらもおつれ合いがおありで……」

「そちらの御家族は他に……」

「いいえ、奉公人はまだ何人か居りますが……」

「では、御家族にお目にかからせて下さい。番頭さんの死因について申し上げておいたほうがよいと思いますので……」

お雪は何かいいかけ、麻太郎に承知の意味の頭を下げると、奥へ続く廊下を去った。

# 二

糸屋の家族が集められたのは女主人、春野の店のほうの部屋で、そこは広い洋間であった。

この節、横浜なぞで日本の職人が作っている猫脚のついた丸テーブルの周囲にゆったりした椅子が配置され、それとは別に壁ぎわに書斎机と椅子がおかれている。

書斎机の前には女主人の春野が掛け、二組の娘夫婦は丸テーブルの周囲に、春野のほうを向いて着座した。

麻太郎と源太郎が勧められたのは、春野の脇に置かれた椅子であった。

春野という女主人の印象は、最初、麻太郎が考えていたのと、かなり異った。

五十歳をいくつか越えていると聞いたが、髪はまだ黒々として豊かであり、顔の色艶も悪くない。薄化粧が上品で、若い時分、糸屋小町と呼ばれたのが納得出来る愛らしさの残る容貌をしていた。体つきは小柄だが、背筋がぴんとしていて老人臭さがない。

そうした母親の娘にしては、おとよもおきみも冴えなかった。もっとも、二人は妾腹の子なので、春野の血は入っていない。

おとよは丸顔で目も鼻もこぢんまりと中央にまとまって、神楽面《かぐらめん》の於多福に似ていた。

ちょっと見ると愛敬があるようで、どことなく小狡《こずる》い感じがする。

その亭主は、

「重兵衛と申します。このたびはとんだおさわがせを致しまして……」

という声は神妙だが、物腰は尊大で、源太郎や麻太郎に対しても、あまりいい感じは持っていないのが、ありありとわかる。

おとよの妹に当るおきみは姉とは逆に細面で切れ長な細い目と女にしては高すぎる鼻、薄い唇が、見る人によっては美人と評価されようが、冷たく、情のない印象を与える。亭主の辰三郎は、どさ廻りの役者でもしていたような色男であった。二枚目には違いないが、如何にも品がない。しばしば、上目遣いで義母である春野の表情を窺うようにするのが、なにか後暗いことでもあるのかと疑いの目でみられがちなのを当人は気づいていないらしい。

春野が口を開いた。

「人が一人、歿って居りますのですから、やがて、お上から然るべきお調べの方がみえましょう。ただ、私としては、なるべくなら事を大きくして、いたずらに世間の噂になるのは好みません。幸い、源太郎さんは歿られたお父上が元、八丁堀のお役人で、こうした取調べには慣れてお出でと聞いていています。情容赦のないこの節のお役人に、事件をかき廻される前に、番頭の吉之助があやまって毒のあるものを口にしたのか、それとも、単に病死なのか、すみやかに明らかにして頂きたいのです。その結果、どうしてもお上の手をわずらわせるようになったら、致し方ございませんが……」

穏やかな声音だが、心の底に思いつめたものがあって、源太郎は胸を熱くした。

「では、お言葉に従って皆さんに少々、お訊ねします。その前に、まず、番頭さんの死因について、ここに居る神林麻太郎君はわたしの友人で、イギリスに留学し、医学を習得し、今は築地居留地のバーンズ診療所に勤務しています。神林君が、吉之助さんが何故、歿ったか調べてくれましたので、まずそれを話してもらいます」

源太郎にうながされて、麻太郎が前に出た。

「わたしの診《み》た所、吉之助さんの死因はアトロピンではないかと思います」

人々が顔を見合せ、麻太郎が言葉を継いだ。

「先程、女中さんに訊いたことですが、吉之助さんは酒が苦手、甘いものが好きであったそうですが……」

春野が合点した。

「左様です。男のくせに生まれつき、酒が駄目で、以前、縁起物だからと正月のお屠蘇をほんの真似事ばかり飲ませましたら、まるで金時の火事見舞、まっ赤になって気分が悪いとひっくり返ったことがございます」

麻太郎が女中をふりむいた。

「番頭さんは、今日、台所で盗み酒などしませんでしたか」

女中が金切り声を上げた。

「とんでもない。おやつに召し上ったのはお茶と大福餅と……」

「番頭さんはお茶の濃いのがお好きではありませんか」

「はい、少し出がらしになると自分で茶葉を足したりして……」

麻太郎が居並んでいる人々を見廻していった。

「アトロピンはお茶に入っていたと思います。何故なら、わたしがこちらへ来て吉之助さんを診た時、吉之助さんは呼吸が停止していましたが、顔がまるで酒に酔ってでもいるように赤く見えたからです。アトロピンというのは、例えば朝鮮朝顔やはしりどころなどという植物の葉や根っこに含まれているアルカロイド系の有毒な成分なのです。ですが、その少々を上手く使うと薬にもなります。わたしがイギリスに居た時分、ベラドンナという紫色の花が咲く植物から採った目薬が流行りまして、つまり女の人が目をぱっちりと大きく見せるのに効果があるというので、我も我もと使い出したのですが、使い続けた人の中から死者が出て大さわぎになりました」

春野がいきなり机のひき出しを開け、小さな瓶を取り出した。

「神林さん、それは、これと違いますか」

受け取って、麻太郎は瓶に貼ってある紙の横文字を読んだ。

「これを、どちらで入手されましたか」

「知り合いの者です。わたしが年のせいか目がかすんで仕方がないといったら、わざわざ、横浜まで行って買って来たと……」

「使われましたか」

春野が僅かばかり笑った。

「こう見えても、私は用心深い性質《たち》でしてね。その中《うち》、誰かに使わせて験《ため》してみようとは思っていました」

麻太郎の目が鋭くなった。

「この瓶は、いつから、そこにしまわれていましたか」

「半月ばかりですかね」

視線が同意を求めるようにお雪へ向けられた。

「あなたは憶えているでしょう。宮本がこれを持って来た時……」

お雪がうなずいた。

「十五日でございました。重兵衛様の御実家から宮本さんが来られて、来月、重兵衛様のお父上の還暦のお祝をすることについて御相談を……」

「馬鹿馬鹿しい」

吐き捨てるような春野の口調であった。

「重兵衛は糸屋へ養子に入った身です。生まれた家の父親の還暦の祝事に、その費用の半分を持てとは非常識も甚しい」

重兵衛が顔色を変え、おとよがつんとそっぽを向いた。

「失礼なお訊ねかも知れませんが、宮本とおっしゃるお方は……」

答えたのはおきみであった。

「お義兄《にい》さんの実家の番頭ですよ。なんだかだと、糸屋からお金を出させる時に使《つかい》に来る人です」

重兵衛が凄い目でおきみを睨み、おとよが異腹の妹を眺めた。

「糸屋から一番、お金をむしり取って行くのは、あんたの御亭主じゃないの。なにかというと相場師の口車に乗っては、すってんてん。お母様に内緒の借金がどのくらいあるか知れたもんじゃないそうね」

おきみは唇を嚙みしめたが、反論はしなかった。辰三郎が薄ら笑いを浮べていった。

「義兄《にい》さんの実家は潰れかかっている薬種問屋じゃありませんか。アトロなんとかだか、ベラなんとかだか知りませんが、毒入りの目薬なんぞ作るのはお手のものでしょう。うっかり、お義母《かあ》さんが使いなすったら、えらいことだ。お義母さんが用心深くて、本当にようございました」

「なんだと」

荒い声で叫んだのは重兵衛で、

「それじゃ、あんたは俺がお義母さんに毒を盛ったというのか」

「番頭が死んだのは、アトロなんとかの毒のせいじゃと、そちらの若いお医者がいうたではないか。そんな怖しい毒はどこにもここにもあるものじゃなかろう。義兄さんのねらいはお義母さんじゃ。番頭は間違うて殺されたに違いない」

部屋の空気が凍りついた。

重兵衛と辰三郎が蒼白になって向い合い、おとよとおきみはどこか他人事のような顔で目を伏せている。

「待ちなさい」

声をかけたのは源太郎で、

「話を前に戻しましょう。女中さんはいつものようにおやつの仕度をした。茶菓子の用意をして、最初に御主人達のほうへ運ぶ。その順番をいってくれませんか」

　女中が口ごもりながら必死で話した。

「一番目には大奥様のお部屋です。台所へ戻って来て、大きなお盆に四人分……」

「つまり、おとよさん夫婦とおきみさん夫婦の四人分。その時、二組の御夫婦はどこにいました」

　それぞれの居間だと女中は殆んど泣き声になりながら答えた。

　麻太郎が中庭に面している障子を開けた。

　この部屋の左側は台所でそこから廊下伝いに部屋が横並びになっている。

　お雪が麻太郎の意を受けたように教えた。

「台所のすぐ隣がおきみ様御夫婦のお部屋、その隣がおとよ様御夫婦、一番奥が大奥様のお居間です」

　更にこの部屋の右手は奉公人の部屋で近い順に女中部屋、お雪の部屋、二階には番頭、手代、小僧など男の奉公人が寝泊りしているという。二階への階段は台所の脇、つまり、今、麻太郎達がいる部屋と台所をつなぐ狭い空間にあり、階段の下が物置として使用されていた。

　次に源太郎が訊いたのは、番頭の吉之助が死体で発見された当時の糸屋の家族と奉公人の居た場所で、

「私は自分の居間で帳簿を見て居りました」

　と春野がきっぱり返事をし、おとよとおきみは各々の部屋、重兵衛は店、辰三郎は本所にある

工場へ出かけていたといい、お雪は庭で鉢物の手入れをしている最中とのことであった。奉公人は店に手代二人と小僧一人、これは糸屋と取引のある商家の主人が重兵衛と商談中で、手代と小僧はもっぱら、重兵衛に命ぜられて、品物を次々と店へ並べ、取引の手伝いをしていた。番頭の吉之助は午前中から本所の工場のほうへ用足しに出かけ、夕方、戻る所を思いの外、仕事が早く終り、そのまま、京橋の店へ帰って来たところであった。

更に、死んだ吉之助に関しては糸屋の店の全員が、実直な働き者で、多少、陰気なところはあるが、人から怨みを受けるとは全く想像も出来ないと口を揃えた。

## 三

「吉之助というのは来年四十。その年齢まで独り者というのは、商家の番頭として珍らしくはありませんよ」

父親ゆずりの性格で、誰に対しても丁寧なもの言いをする源太郎が、考え込んでいる麻太郎にいった。

「大店の番頭というのはけっこうきびしいものだと長助もいっていたがね。三十九でまだ所帯が持てないとなると、余っ程の聖人君子でないとつとまらないな」

麻太郎が苦笑し、源太郎が生真面目な友人に手を振った。

「まあ、みんな適当に遊んでいるでしょう」

「岡場所の女に馴染を作るとか、か」

「のぼせ上れば忽《たちま》ち金に困りますよ。店の金を使い込んで人生を棒に振ることになる」

「必ずしも、岡場所の女とは限らないでしょう」

と口をはさんだのは、二人のために酒の仕度をして来た花世で、たいして広くもない源太郎の住いは、台所にいても居間での話が筒抜けであった。

「例えば、同じ店で働いている女中さんとか……」

「いや」

と源太郎が即座に否定したので、麻太郎はおやおやと思った。日頃は花世のいうことに対していきなり異議をさしはさむ源太郎ではなかった。反対の意見を持っていたとしても、一通りは花世の言い分に耳を傾け、場合によっては自分の考えをひっこめてしまう。

子供の時から花世に弱い源太郎を知っている麻太郎には微笑ましいような、歯がゆいような源太郎なのである。

「もし、吉之助に女がいるとしたら、それは素人ではないと思えるんだ」

吉之助が死んで、糸屋のほうからその死因の解明を依頼された立場から、源太郎は糸屋の奉公人を立会いにして吉之助の遺品を調べたといった。

「金が殆んど、なかったんだ」

糸屋では旧幕時代のように、奉公人に対し、月々、小遣い程度のものを与え、給料は店を辞《や》める時にまとめて渡すというやり方を明治になってから改め、月給制を採っていた。

一つには貨幣の変動が激しく、新しい貨幣が続々と発行されるのに対応するためでもあった。

工場で働く女工は仕事がきついとすぐにやめてしまう者もいて、あまり長続きがしない。昔のような年季奉公は通用しなかった。で、店のほうもごく自然に月払いになっている。

吉之助の場合、店に住み込みなので、家賃はおろか、食費もかからない。月給の中から自分で支払うのは煙草銭と風呂銭ぐらいのものの筈であった。

「吉之助は酒もやらない。それなのに、まとまった金が残っていないのは不思議だと思って、親許にでも送っているのかと訊ねたら、両親はとっくに歿っているし、兄さんが郷里で百姓をしているが、別に暮しに困ってもいない筈だと、重兵衛さんがいっている」

すると考えられるのは女に貢いだということだが、糸屋の店の者は異口同音に、

「番頭さんに限って……」

と首を傾げているのだと、源太郎は当惑気に話した。

吉之助が住み込みで働いていただけに女がいれば、どうかくしていても知れないわけはないので、

「ただ、辰三郎がいったんだが、人はみかけによらない、とね」

源太郎はそれにこだわっている。

「吉之助のことを、人はみかけによらないといったのか」

辰三郎は、妾腹だが糸屋の娘であるおきみの亭主であった。

なんの証拠もなしに、口から出まかせをいうとは思えない。

「どうして、突っ込んで訊かなかったんだ」

麻太郎にいわれて、源太郎がぼんのくぼに手をやった。

「訊いたんだが、はぐらかされてしまった」

明日、もう一度、糸屋へ行って訊いてみるという源太郎に麻太郎は合点して暇《いとま》を告げた。

吉之助の死因は、飲んだ茶の中に何者かがアトロピンを混入したに違いないので、今のところアトロピンを持っているのは大内儀の春野だけだが、よもや春野が自分の店で使っている番頭を毒殺するとは思えない。第一、動機がなかった。

「事件には必ず金か女が絡むというでしょう。あたし、明日にでも京橋界隈へ行って、糸屋の内情を訊いてみる」

玄関まで送って出て、花世がいったが、麻太郎は苦笑しただけで外へ出た。

空は朧月夜、寒くも暑くもない陽気に、道端の屋台店では四、五人がたむろして酒を飲んでいる。

「かわせみ」のある大川端町を左に眺めて、麻太郎は足早やに築地居留地へ帰った。

それから五日後。

朝野新聞に派手な記事が出た。

京橋の「糸屋」に、歿った長男の一人息子が訪ねて来たというもので、糸屋の大内儀が出した尋ね人の広告をみて、思い切って店の前まで行ったものの、入って行って名乗る勇気がなく、なんとなく行きつ戻りつしているのを、たまたま外出先から帰って来た春野が声をかけ、漸《ようや》く事情がわかって祖母と孫との御対面となったと芝居もどきに書かれている。

麻太郎は、それをこの前と同じく外来の患者がおいて行った新聞で読んだ。

で、ちょうど手のあいた所でもあったから、新聞を薬剤室へ持って行ってマギー夫人に見せ、ついでにこの前の日曜、源太郎の要請で糸屋の番頭の不審死を診た一件を打ちあけた。

「まあまあまあ麻太郎、そんな大事件に出会っていながら、よくも今まで黙っていましたね」

マギー夫人に睨まれて、麻太郎は首をすくめた。

「話しそびれていたのです。あまり気持のよい話でもないし、その後の源太郎君の報告では、吉之助という番頭を殺した犯人も上らず、巡査は自殺で片付けてしまったというものですから……」

「自殺ではないのでしょう」

「死ぬ理由がないようなのです。使い込みではなし、失恋でもなし……」

「お茶に毒を入れたのは女ですよ」

「どうしてですか」

「麻太郎は知らないのですか。毒殺は女の常套手段です。イギリスではそういいますよ」

「知りませんでした」

麻太郎とマギー夫人の話し声を聞きつけてバーンズ先生が出て来た。

「患者がいないと思って物騒な話をしているね。新聞に出ていた糸屋とかいう商人の家の話だろう」

「先生もお読みになったのですか」

「あれだけセンセイショナルに書いてあれば読むよ。しかし、あの事件はまだ終らないね。わしが思うに、まだ二、三人は殺される可能性がある」

「リチャード……」

マギー夫人が姉の声で弟を制した。

「いけませんよ。そんな怖しいこと、悪魔が耳をすましていたら、どうします」

「残念ながら、悪魔はとっくに耳にしているんだ。みてごらん、ここに書いてある」

バーンズ先生がさし出したのは、新しい日付の朝野新聞であった。診療室のドアが開いて、たまき夫人がのぞいた。

「さっき、源太郎さんが持って来られたのですよ。麻太郎さんに渡してくれとおっしゃって……」

麻太郎がバーンズ先生から受け取った新聞をマギー夫人にも読める位置に開いた。

いきなり目にとび込んで来たのは、
　糸屋の娘夫婦殺さる
の見出しであった。

四

京橋の糸屋の店は表戸を下し、休業状態となっていた。

番頭の吉之助の野辺送りが終って間《ま》なしに二度目の葬式である。

弔問客は店の裏の住居へ細い路地を抜けて行き、通用口から家へ入った。

吉之助の時は郷里から実兄が来て、郷里の菩提寺と同じ宗旨の寺が深川にあるところから、そこの方丈を借りて、ごく内輪の法要をすませ、遺骨は肉親に抱かれて故郷へ帰った。

いってみれば奉公人の死なので、それで済んだ。今回はそうは行かない。

糸屋の娘、といっても、おとよは先代の清兵衛の妾腹の子であり、おとよの亭主の重兵衛は、歿った清兵衛の遠い縁戚に当り、子供の時に両親が離別して引き取り手がなかったのを清兵衛が憐れんで面倒をみ、やがておとよと夫婦にしたもので、重兵衛の老いた父と兄とは日頃から行き来も少く、ましてこの所、気まずくなっている。

おとよを産んだ母親も、とっくに歿っていて、結局、春野が施主となって葬儀万端を済ませた。

なにしろ、死因がまたしても毒であった。

おとよ夫婦は毎晩のように寝酒を飲む習慣があった。その酒は女中が燗をした徳利に小さめの茶碗二つを添えて台所の配膳台の上へおいておく。それを重兵衛が自分達の部屋へ運んで夫婦で飲む。

夫婦は声も立てずに絶命したらしく、隣の部屋のおきみ夫婦は全く知らなかったと申し立てた。

もっとも、重兵衛夫婦はその夜、町内の無尽講の集まりに出かけていて、帰って来たのが遅く、春野をはじめ、おきみ夫婦とお雪、それに二階の奉公人はみな、眠っていたし、出迎えた女中も戸閉りをしてすぐ布団にもぐってしまったから、おとよ夫婦が着替えをすませ、寝酒を飲む時分には誰も起きている者はなかった。

そのため、遺体が発見されたのは、翌朝、いつまでも朝飯に出て来ないのを訝《いぶか》って、女中が部屋へ声をかけに来てからのことであった。

今度も麻太郎がかけつけて行く破目になったのは、春野が使を築地居留地まで走らせたからである。

その麻太郎が重い口調で、毒の成分はアトロピンであると告げて、春野が日頃の彼女とは別人の形相で叫んだ。

「冗談ではありません。あれは、あの後、あたしが大川へ投げ込んでしまったのに……」

怖しい毒とも知らず持っていたのに仰天して、わざわざ出かけて行って、江戸城のお濠《ほり》から京橋の下を通って大川へ流れ込む掘割の先端、稲荷橋まで行って放り投げたという。

とはいえ、それは春野一人が主張したもので、誰も見た者は居ない。

なんにしても、おとよ夫婦は帰宅して寝るまでに口にしたのは寝酒だけと推量されるので、アトロピンはその酒に入っていたものに違いないが、徳利も茶碗も、なにも知らない女中がすでに洗ってしまっていて確証にはならない。

行きがかりで、麻太郎と源太郎はおとよ夫婦の葬式に行き、焼香をしたのだが、その時、目についたのは施主をつとめる春野が十二、三歳かと見える少年を自分の傍から離さず、何かと気をくばってやっている姿であった。

「あれが、名乗って来た長男の忘れ形見なのか」

帰り道に麻太郎が訊き、源太郎がうなずいた。

「そうだ、歿った清太郎さんとかけおちしたお信さんの産んだ子で、名前は清吉というんだそうだ」

「成程」

「お信さんというのは、糸屋の女中でね。親は代々、浪人で新政府になっても士族とは認めてもらえなかったらしい。糸屋の女中をしている中に両親が貧乏を苦にして心中してしまった。娘にしてみれば青天の霹靂《へきれき》だろう。気が抜けたようになっていたのを清太郎さんがはげまして、その中にいい仲になったが春野さんが最後まで反対してね」

「要するに女中だからか」

「いや、それもあるかも知れないが、清太郎さんには許嫁がいたんだよ。それが、今、糸屋にいるお雪さんなんだ」

「よく知っているんだなあ」

感心してから麻太郎は気がついた。

「そうか。春野さんと源太郎君の母上は娘時代、茶道の稽古友達だったんだな」

「るい叔母様もそうだよ」

「ああ」

「お袋が心配しているよ。こうたて続けに糸屋に出来事が重なって、春野さんがどうかしてしまうんじゃないかとね」

暫く考えていた麻太郎が強い口調でいった。

「糸屋から目を離さないほうがいい。出来れば、源太郎君の母上を通して、春野さんに充分、注意をするようにと伝えてくれないか」

源太郎が探るように麻太郎の表情を窺った。

「春野さんが殺されるというのか」

「番頭を殺し、おとよ夫婦を殺した下手人がもし同一人物で、そいつの目的が糸屋の財産だとすると、危険なのは春野さん、おきみ夫婦……」

「清吉はどうだ」

「本当に清太郎さんの子なら、やはり危い」

「天一坊……偽者ってことか」

「この際、誰でも一応、疑ってかかったほうがいい」

「それはそうだ」

歩いている中に源太郎の家の前へ来た。

「寄って行かないか」

と源太郎がいったが、麻太郎は、

「いや、今日はこのまま帰るよ」

と応じた。

源太郎が独り者の時ならばともかく、新婚早々であった。ぼつぼつ夕暮れ、時分どきに厄介をかける心算はなかった。源太郎のほうもそれ以上、強くは勧めない。別れぎわに、

「もし、糸屋の財産が目的なら、番頭が殺されたのは何故なんだ」

と訊く。

「そんなこと、わたしが知るか」

苦笑した麻太郎に、

「やっぱりな」

どこか安心したような顔で手を上げた。

で、麻太郎はバーンズ診療所へ帰って来ると、まだ、診察室にいたバーンズ先生とマギー夫人に今日、糸屋について知り得たことを報告した。それは、二人が糸屋の事件に関心を持っていて、とっくに診療時間は終っているにもかかわらず、診察室で麻太郎の帰りを待っていたらしいと承知してのことであったが、そのついでに、

「源太郎君と話したのですが、今度の事件、といってもおとよ夫婦が殺された原因ですが、やはり、糸屋の莫大な財産を抜きにしては考えられないのではないかとは思うのです」

但し、今一つ、合点出来ないのは、

「糸屋の財産は春野さんに万一のことがあれば、今のところ、二人の娘夫婦へ行くわけで、二つに分けたとしても、かなりのものだと聞いています。それでも人殺しをするでしょうか」

殺人が発覚すれば法の裁きを受ける。

「下手をすれば死刑ですよ」

マギー夫人が苦笑した。

「悪事を働く人は、必ず、自分だけはみつからないと思っているようですよ。それに、殺されなかったほうの夫婦……」

「おきみさん夫婦です」

「そちらが、もしも、大変、お金に困っているとか、並大抵でない借金があって身動きがとれない状態だとか……」

バーンズ先生が口をはさんだ。

「なにをしているんだね。おきみさんの亭主は……」

「糸屋を手伝っているということになっていますが、実際にはろくに働いていないような話でしたね。そういえば、源太郎君がおきみさんの亭主の辰三郎は相場に手を出しているといっていました」

「危い、危い」

バーンズ先生とマギー夫人が同じように肩をすくめた。

「もう一つ、糸屋の財産が今度の事件の動機としたら、番頭は何故、殺害されたのでしょう」

一奉公人の彼には糸屋の財産を相続する権利はない。

マギー夫人がぽつんといった。

「歿った糸屋の先代さんには他に子供は居なかったのですか」

若くして病死した長男の清太郎、妾腹のおとよとおきみの二人の娘。

「清太郎というのは、本妻の子なんだろうね」

バーンズ先生が煙草に火をつけながら訊いた。

「本妻の子だと言われているようですが、実は、源太郎君のいうには春野さんの子ではない。つまり、先妻の子で春野さんが育てた……」

「先妻さんは……」

「清太郎さんを産んだ時に歿ったとか」

三人が黙り込み、部屋の中がひっそりした。

外を流して行く夜鳴き蕎麦の呼び声が急に耳についた。

# 五

京橋の生糸商、糸屋の妾腹の娘、おとよとその夫の重兵衛が変死して、暫くの間、朝野新聞などが自殺か他殺か、その原因は何かなぞと書き立てたものの、結局、警察の取調べが曖昧なまま、どうやら過失死ではないかということで尻切れとんぼに終ってしまうと、世上の噂も七十五日に満たない中《うち》に消えた恰好になった。

糸屋では事件が起る前から先代、清兵衛の未亡人の春野が商売の実権を持っていたのと少しも変らず、店も工場も女主人の采配で運営され、奉公人も胸をなで下し、以前よりも更に仕事熱心に働いていると伝えられていた。

同時に糸屋の春野が新聞広告までして探し出した亡き長男の忘れ形見、清吉を片時も傍から離さず商売のこと、工場経営の万事を十三歳の少年に根気よく教えているというのも、糸屋とつき

合いのある人々の口から語り出され、広まって行った。

築地居留地のバーンズ診療所で働いている神林麻太郎の許《もと》に、大川端町の旅宿「かわせみ」から使が来たのは平年より遅く開花した東京の桜がすっかり散ってしまい、若葉風がさわやかに感じられる五月晴れの夕方であった。

使に来たのは「かわせみ」の大番頭嘉助の下で、番頭として働いている正吉で、

「もし、診療所のお仕事に支障がなければ、手前と一緒にお出で頂けまいかと……」

女主人るいの口上を伝えた。

バーンズ診療所は特別の患者のない限り、午後五時で診療を終ることになっているが、中心になっている医師の麻太郎があまり、それにこだわらず、時間外の患者も当然のように診てくれるし、深夜の急患も嫌な顔一つ見せずにとび出して行くので、薬剤師をつとめているマギー夫人が時折、弟のバーンズ先生に、

「あんなことをしていては、麻太郎が体をこわしてしまいますよ。あなたから麻太郎に注意してあげないと……」

と心配し、バーンズ先生も、

「ほどほどにするのだよ。医者とてなまみの人間なのだからね」

と忠告はしてみるものの、元気潑剌として出かけて行く麻太郎には、なんのききめもない。

幸いなことに、この夕方、麻太郎はバーンズ診療所で最後の患者を送り出したばかりであった。

今のところ、かけ込んで来る急患もない。

で、一応、バーンズ先生に断りをいって正吉と共に「かわせみ」へ向った。

その麻太郎が最初に心配したのは「かわせみ」のるいか千春、もしくは女中頭のお吉や大番頭の嘉助かの誰かが体調不良を訴えたのかと思った故だが、正吉の話では、

「皆さん、お変りはございません」

とのことで、そうなると急に使が来た理由がわからない。

「かわせみ」の入口には嘉助とお吉が出迎えていて、正吉と共に足早やに近づいて来る麻太郎へ嬉しそうに頭を下げる。

「申しわけございません。早速、お出まし下さいまして……」

最高の笑顔でお吉が案内し、るいの部屋の前で、そっとささやいた。

「糸屋の春野様がお出でなんでございます」

とたんに障子が開いて、千春が敷居ぎわに手を突いた。

「お出でなさいまし。お兄様」

部屋にはるいと春野が向い合って座っていた。会釈して入って来た麻太郎に各々が丁寧に挨拶をする。

千春が用意した座布団の上に落ついてから、麻太郎は春野がこの前、会った時よりもどこか若々しく生気が満ちているという感じを受けた。

「神林様には重ね重ね御厄介をおかけ申し恐縮して居ります。その上のお願いはこの際、なにもかもお話し申して清吉の力になって頂きたいと存じまして……」

反射的に麻太郎が訊ねた。

「清吉君に、なにかあったのですか」

春野がかぶりを振った。

「いえ、今のところ、清吉は無事に暮して居ります」

「今のところ……」

「あの子の身の上に何が起るかは判りません。ただ、今のままで糸屋の内情が落つくとは到底、思えませんので……」

春野が言葉を途切らせ、るいが代って麻太郎に告げた。

「源太郎さんは今日、春野さんの御頼みで八王子へ出かけられましたの」

「源太郎君が八王子に……一人でですか」

「長助さんがお供をして参りました」

「なんのために八王子に……」

それには春野が答えた。

「八王子は、歿りました主人、清兵衛の先妻、お三津どのの生まれ故郷でございます。つまり、お三津どのは清太郎の生母、清吉にとりましては血を分けた祖母に当ります」

麻太郎が穏やかにうなずき、春野は話を続けた。

「お三津どのの生家は御一新以前、八王子千人同心のお役目を承って居りました」

八王子千人同心の名は、麻太郎も知っていた。

旧幕時代、幕府は滅亡した武田家の遺臣を八王子に土着させて甲州口の守備を命じたもので総勢およそ千名であるところから千人同心の名が出来た。平素は百姓として農作に従事しているが、その身分は武士で、日光東照宮の火の番勤務を交替でつとめることが義務づけられていた。勿論、幕府が崩壊後は解散となっていた。

「私の口から申すのは憚られることではございますが、お三津どのは最初、糸屋へ女中として奉公に参りまして、清兵衛の気に入り、正式に妻となる前に妊《みごも》りました。そのため、出産は八王子の実家へ帰り、身二つになってから赤児の清太郎を抱いて糸屋へ参ったのでございますが、お産が重かったせいで体がなかなか元のように戻りませず、結局、清太郎を残して糸屋を去ったのでございます」

当時、春野の実家は鉄砲や弾丸を商っていて、その店は糸屋と同じ、京橋の近くにあったので、糸屋の不幸は容易に耳に入った。

「たまたま、糸屋と私の父とは同じ町内で昵懇《じっこん》にしていたこともあり、両家とつきあいのあるお人の仲介で、私と清兵衛との縁談がまとまりましたのは、私が母を早くなくしまして、父の身の廻りの世話や弟妹の親代りをつとめていて、婚期が遅れて居りましたのを周囲が案じてのことでございました」

糸屋にしてもまだ赤ん坊の清太郎のためには一日も早く母と呼べる人が必要であって、春野の縁談はとんとん拍子に進み、春野は糸屋へ嫁入りした。

結果からすると、それが春野の命を救うことになった。春野が嫁いで半年後、春野の実家では鉄砲の火薬を作っている最中に爆発が起り、家も店も焼け落ち、春野を除く家族全員が死亡したからで、世間は生き残った春野を強運の持ち主といったが、そのあたりから春野の孤独は深くなった。

黙って聞いていたが、麻太郎には春野の気持が理解出来た。

裕福な家で母親こそ早くに歿ったものの、父や弟妹と穏やかに暮して来た娘が、嫁入りして間もなく、自分の肉親をすべて失ってしまったのであった。

糸屋の嫁ではあっても、もはや春野の後楯になってくれる身内は居ないし、帰る実家もない。頼みにする夫は派手な性格で、女道楽も男の甲斐性と割り切っている。

加えて、春野には子が出来ず、妾腹に二人の女児が誕生した。

暗然として春野の心中を思いやっていた麻太郎の耳に語り続ける春野の声が聞えた。

「清太郎はわたしになついてくれました。生みの親でもないわたしを本当の母親と信じて頼り切っている幼児を、わたしは自分がお腹を痛めて生んだ子のような気さえするくらい夢中になって育てました。夫が何をしようが清太郎さえいてくれれば、どうでもよい。でも、誰が清太郎に告げたものか、いつの間にか清太郎はわたしが真実の母ではないのを知ってしまいました。更にとり返しのつかないことが起りました。よりによって、あの子が糸屋へ女中奉公に来ていたお信と惚れ合って、清兵衛が決めた許嫁のお雪を拒み、家を出て行ったのでございます」

声がかすれ、それでも春野は涙をみせなかった。

「皆様に私の気持がおわかりになりますか。糸屋の主人は二代にわたって同じことをしでかしたのです。わたしは……お雪さんになんといってよいのか……」

遂に絶句して嗚咽《おえつ》を洩らす春野を、るいがそっと肩を抱いた。

「もう、よろしいでしょう。春野さん、さし出がましいことを申すようですが、今のあなたは、清太郎さんの忘れ形見の清吉さんを大事にしてさし上げること。それから、お雪さんの立場をお考えになって下さること。それが、糸屋の御当主としてのあなたのお役目と思います」

るいの言葉に、とうとう春野は声を上げて泣いた。

# 六

「るい叔母様はやっぱり凄い人だよ」

その夜、八王子から帰って来た畝源太郎がバーンズ診療所を訪ねて来て、今日、「かわせみ」で聞いた春野の話をしながら、麻太郎がいい、源太郎が合点した。

「うちのお袋もよくいっているよ。昔から女がみても惚れ惚れする人だったが、この節、また一段と女ぶりが上ったみたいな気がするとさ」

マギー夫人が用意しておいてくれた紅茶を源太郎に勧めながら麻太郎がうながした。

「ところで、八王子のほうはどうだった」

「かけずり廻ったにしては、さっぱりだが、まあ少々の収穫はありましたよ」

いつも持ち歩いている心憶えの帳面を開いた。

「麻太郎君が一番気にしていた清兵衛の長男の清太郎だがね、母親のお三津という人は、確かに旧幕時代、八王子千人同心の家の娘で御一新後、家族の窮乏を救うために糸屋へ奉公し、清兵衛のお手がついて、実家へ帰って出産し、清太郎を伴って糸屋へ戻ったが、結局、糸屋の親類が女中を本妻にするのは世間体が悪いと反対したのと、すでに清兵衛は春野さんの家と縁談が進んでいたこともあって、結局、お三津が身を引くという感じで八王子へ去ったというのが真相らしい。但し、清兵衛は清太郎を手放さず、そのことではお三津の実家と相当、揉めたそうだ。どういう話し合いがついたのかは、残念ながら聞けなかった。お三津もその両親も今は八王子にいないのだよ。お三津が糸屋から帰って来て間もなく一家が静岡のほうに移住したというのだが、その住所を知っている人には出会えなかった。なにしろ、幕府が瓦解するという時代のことで、当時の記録が何もないんだ」

それでも長助がお三津の親と同じく八王子同心をつとめていたという大百姓を探し出して聞くことが出来たのが、今、話したすべてだと源太郎は表情を曇らせた。

「ただ一つだけ、その大百姓の家で耳にしたことだが、お三津には清太郎の他に、もう一人、子供がいた筈だというんだがね」

麻太郎が目を上げた。

「糸屋清兵衛の子か」

「話してくれた人は判らないといった。お三津が糸屋へ奉公に出る前、夫婦約束をしていた男があったとかで、ひょっとするとそいつの子かも知れないなんぞといいやがった」

三十数年も昔のことであった。しかも、その間に徳川幕府から新政府の世になるという大きな時代の変遷があった。

世の中全体が怒濤の中でひっくり返った歳月は、個人のささやかな歴史など跡形もなく渦に飲み込んでしまう。

「男か女かも、わからなかったのか」

お三津の産んだ、もう一人の子のことであった。

「最初は女だといった。それから男だったといい直した。そのあげく、嫌な笑い方をしてね」

「嫌な笑い方だと……」

「追及する気がなくなってしまった。長助はそれでも、ねばって訊いていたが」

源太郎の顔色をみて、麻太郎は話をした大百姓の態度がよくよく不快なものであったのに違いないと思った。

どちらかといえば慎重で、ねばり強い性格の源太郎が相手から正確な答をひき出すのを断念してしまったのであった。

「女だといい、次に男だと訂正したのか」

「そうなんだが、それが何か……」

源太郎の問いに、麻太郎は軽く首を振って答えなかった。

次に麻太郎が訊ねたのは、清吉に関することであった。

本来、春野が源太郎に依頼したのは、清吉の話の真偽を確かめることで、糸屋へやって来た清吉が持っていたのは、糸屋清太郎の位牌と古ぼけた守袋であった。紺地に金糸を織ったその守袋は清太郎の幼い日、春野が持たせたもので、成人してからも清太郎がいつも身につけていたのは、春野は勿論、糸屋の奉公人も知っていた。

そしてもう一つ、病いが重くなってから清太郎が書いたという手紙である。

そこには春野に詫びる言葉が並んでいた。

幼い日から一度も春野に逆ったことのない清太郎が生涯でたった一つの反抗が、お信という女との恋で、それが春野の逆鱗に触れた。それでも、清太郎はお信の実家を頼って行き、そこで暮した日々の幸せを訴えていた。更に自分に万一の際、我が子清吉の保護を春野に乞うている。

皮肉なことに春野の心が動いたのは、その手紙よりも、清吉の口から知らされた、母親のお信が清太郎よりも前に病死していた事実であった。

ともあれ、清太郎の遺書と、清吉のおぼつかない話によって、糸屋を去った清太郎とお信が、お信の実家に身を寄せ、正式に夫婦となり、お信の親類の援助で近隣を行商したりして生活していたのが明らかになった。

「成程、それで春野さんは清吉君に憐れみを持ったのかも知れないな」

どこやらに父親の面影を感じさせる十三歳の少年を前にして、春野の気持から清太郎夫婦に対するしこりが消えて行ったのではないかと麻太郎は考えていた。

「なんにしても、春野さんが清吉君を受け入れる気持になってくれて、取りあえずはよかったと思っているよ。清吉君のためにも、春野さんのためにも……」

という源太郎は正直に、ほっとした表情をしていた。それを見て、麻太郎は心中の危惧を口にした。

「春野さんはともかく、糸屋の他の家族はどう思うかな」

殁った清兵衛はその昔、深川芸者であった二人の女を妾にしてそれぞれに娘を産ませていた。

しかも、つい先月、番頭の吉之助がアトロピンの入った茶を飲んで死んだのに始まって、清兵衛の妾腹の二人の娘の中、長女のおとよとその夫の重兵衛が同じくアトロピン入りの酒で毒死している。

残っている糸屋の身内といえば妾腹の次女おきみ夫婦であった。

糸屋は資産家である。

清兵衛の未亡人、春野が今のところ、糸屋の当主となっているが、万一の時には妾腹とはいえ、おきみに相続される。しかし、名乗り出た清吉が長男清太郎の遺児なら、財産は清吉が受け継ぐ可能性がもっとも高い。

「当然、おきみ夫婦は不満だろう」

「しかし、春野さんは清吉にやりたいと思っているよ」

血のつながりはなかったにせよ、我が子として子供の時から手塩にかけた長男の遺児であった。

実際、新聞広告をしてまで孫に当る清吉を探し求めた春野であった。

その上、清吉がみつかってから、片時も傍を離さないほどの愛し方をしているらしい。

「しかし、春野さんは賢い人だ。糸屋の財産はいずれ清吉に渡すとしても、おきみ夫婦に対し、それ相応のことをするよ。さもないと清吉がおきみ夫婦に憎まれる」

「下手をすると殺されるか」

源太郎が冗談らしくいって首をすくめた。

「麻太郎君は、おとよ夫婦を殺したのが、おきみ夫婦と思うのか」

「おきみ夫婦がひどく金に困っているとしたら、糸屋の財産を一人占めにしたいと思うかも知れない」

「では、番頭の吉之助を殺したのは……」

「そんなことはわからないといったろうが」

「二件の殺人はどちらもアトロピンを使っているぞ」

「それだけでは同一人の仕業とはいえない」

「殺人鬼が二人いるというのか」

「源太郎君らしくないぞ。物事はそう短絡的には行かないよ」

「しかし、なにか考えている筈だ」

むきになっている源太郎を見て、麻太郎は笑い出した。

「わたしは探偵ではないよ」

「友達甲斐のないことをいうな」

「だから、医者として協力している」

源太郎が両手をふり廻した。

「焦るまいと思っているよ。歿った父上の口癖だった。焦ったら出る知恵も出ない。熱くなった頭を冷やして考えることだと」

夜が更けて、源太郎が帰ってから麻太郎は診療所の玄関の戸じまりをした。バーンズ先生もマギー夫人も各々の部屋で眠りについている。

階下から持って上ったランプを寝台の脇の小卓へおいて、麻太郎は窓から夜空を眺めた。

改めて考えたのは、糸屋の女主人、春野の心中であった。

春野が糸屋清兵衛に嫁いだ時、夫には以前、奉公人であったお三津という娘との間に子があった。八王子まで出かけて調べて来た源太郎の報告では、その子の清太郎は糸屋の跡継ぎとして春野が養育した。けれども清太郎は長ずるに及んで、やはり父親と同じように、糸屋の女中であったお信を愛し、反対する親の許を去った。

春野にとって清太郎は、いわば夫の裏切りの結果であった。それでも春野の言葉を借りれば、春野は清太郎を溺愛したようである。

たしかに幼児の時から手塩にかけて育てれば情が湧くに違いないし、幼い清太郎は春野によくなついていたという。

世上によく聞くことだが、男の子を持つ母親はその子に愛する女が出来ると失望し、ひたすらその相手の女を憎むものだという。

けれども、如何《いか》に母親が悲歎に暮れ、激怒しようとも、愛する者を得た息子は母親の許を去って行く。

そして十五年の歳月を経て、糸屋には清太郎の忘れ形見だという少年がやって来た。

すでに初老の年齢になっている春野にとって、清吉はありし日の清太郎の再来のようなものであろうかと麻太郎は推量した。

当然、春野は自分が守って来た糸屋のすべてを清吉に遺すつもりになっていると麻太郎も思う。

そもそも気になるのは、糸屋の今回の殺人事件が春野の清吉探しがきっかけのように起っている点であった。

最初の番頭吉之助殺しは、春野が清太郎の遺児を探す新聞記事の出た後であり、その結果、清吉が糸屋へやって来て間もなく、おとよ夫婦が殺害された。

二つの殺人は本当に清吉の出現と関係があるのだろうかと考えている自分に気づいて麻太郎は首を振った。

仰ぎ見る夜空には高く北斗七星が輝いている。僅かの間、星を眺めて、麻太郎は窓の鎧戸《よろいど》を閉じた。

## 七

糸屋の第三の殺人事件が朝野新聞で報じられたのは、「かわせみ」で麻太郎が春野に会って三日目の朝であった。

殺されたのは糸屋の先代の妾腹の娘、おきみで、場所は糸屋の向島の別宅で、おきみの死体を発見したのは亭主の辰三郎と報ぜられている。

バーンズ診療所で麻太郎はバーンズ先生やマギー夫人と共に、その記事を読んだが、更にくわしい情報は夜になってやって来た源太郎と長助から聞かされた。

「糸屋の別宅というのは柳島の妙見堂、日蓮宗の法性寺の境内にあるんですが、その裏側で庭から横十間川が見える良い場所に建ってまして、京橋の糸屋の店と違って閑静でして、今時分からは川風がなんとも気持がいいってんで、おきみさんは娘の頃から姉のおとよさんとよく遊びに出かけていたそうで。まあ、おとよさんがあんなことになっちまったんで一人では淋しいから糸屋のお雪さんに来ないかと声をかけたが、お雪さんのほうは歿った清兵衛さんの遠縁に当るといっても店の奉公人の身分ですから、そう勝手も出来やしません。それでも向島からやいのやいのと使をよこすもんで、春野さんがそんなに淋しければ京橋へ帰ったらいいと、御亭主の辰三郎さんを叱ったようで……」

どうにも金持の家の人間のやることは、と長助が苦い顔で話し、麻太郎が制した。

「それで、御亭主が迎えに行ったんだな」

「まあ夫婦揃って遊んで暮しているような身分でござんすから……」

「別宅には奉公人がいるんだろう」

「昔は留守番に夫婦者をおいていたそうですが、この節は無人で、ただ、本宅から誰かが来る時は女中を連れて来ているそうです」

おきみの場合は糸屋の店で働いている女中のおさきと、

「おさきって女中はこの春に奉公に来たばかりで勝手がわからないからとお雪さんがついて行きまして」

掃除やら何やらをすませて、お雪は店へ帰った。

「女中が一人残っていたのだね」

「ですが、おきみのいいつけで長命寺の桜餅を買いに行ってまして」

おきみが死んだ日のことであると、長助はそこでやや落つきを取り戻した。

「あっしとしたことが泡を食っちまいまして。順を追って申し上げます」

おきみが女中のおさきと、お雪と共に向島の別宅へ行ったのが今月の十日、その日の中にお雪が京橋へ帰り、女中と二人きりのおきみが淋しくって仕様がないと店へ使をやったのが十四日のこと、女中に桜餅を買いに行かせたのが十五日の昼飯のあとで、

「女中が桜餅を買って帰って参りますと居間でおきみがひっくり返ってまして、傍に辰三郎がまっ青になって慄《ふる》えていたと申します」

たまたま長助は昔馴染の知り合いに二人目の孫が誕生したというので祝に出かけていて、その帰り道、柳島橋の所で医者を迎えにとび出して来た辰三郎に出会った。

「辰三郎の奴は、なんのかのといい加減なことをいって行っちまいましたが、どうもおかしい気がしまして、糸屋の別宅は知っていましたんで念のため行ってみました」

長助の勘が当って、おきみの死体の傍で腰が抜けたようになっていた女中から子細を聞き出したのだといった。

間もなく医者が辰三郎と共に到着し、その医者の判断で巡査がかけつけて来た。

「源太郎君は現場へは行かなかったのか」

麻太郎が口をはさみ、それまで長助の話を再確認するように聞いていた源太郎が苦笑した。

「長助が知らせに来て、行くことは行った。しかし、すでに巡査は来ていたし、それでも遺体は見た」

死因は毒物によるものに間違いないと源太郎は強い口調で続けた。

「今までの二件と同じ毒物だ。君がいったアトロピンによる毒死と全く同じ症状だ」

糸屋の番頭の吉之助と、糸屋の先代の妾腹の二人の娘の中、上のおとよとその夫の重兵衛と、すでに三人を葬り去ったのと同じ毒物で、おきみが殺害され、糸屋の血を引く者は清兵衛の孫の清吉只一人になった。

つまり、糸屋の女主人、春野が守っている財産の相続人は清吉だけということになる。

「麻太郎君はどう思う。仮に今度の殺人事件が財産目当てだとすると、下手人は清吉ということになるんだが、いくらなんでも十三歳の少年じゃないか」

「十三でも、出来ないことはないがね」

慎重に麻太郎は訊ねた。

「ところで巡査は誰を犯人と考えた」

「縛って行ったのは辰三郎でしたよ」

長助が顔をしかめた。

「とりあえず、おきみ殺しの下手人てえことでしたが……」

「辰三郎が女房を殺すわけはない。おきみを殺してしまっては、糸屋の財産は一銭も辰三郎の懐にころがり込んでは来ないんだ。金に執着の強い辰三郎がそんな算盤《そろばん》勘定に合わないことをするわけはないよ」

源太郎が断言し、麻太郎が同意した。

「辰三郎は下手人じゃない。しかし、おとよ夫婦とおきみが殺されたのは、糸屋の財産とかかわり合いがある」

今回、春野から訊いたことだがと断って、源太郎が続けた。

「先代の清兵衛さんは歿る前に遺言書を春野さんに渡している。主として遺産相続に関するものだが、それには糸屋は長男の清太郎さんを許し、改めて相続人とするように指示してあって、二人の娘に関しては、すでに嫁入りの時、相応の財産を分け与えているので、それ以上は無用と書いてある。更には万一、清太郎さんに不慮のことがあったならば、清太郎さんにもっとも近い血筋の者を相続人とするように但し書がついているんだ」

長助が怪訝《けげん》そうに首をひねった。

「清太郎さんにもっとも近い血筋ってえと、清吉さんのことですかね」

父親が死ねば、その子にというのは順当な相続であった。

「そうするてえと、おとよさん夫婦とおきみさんが殺されたのは、糸屋の財産とまるっきり関係ねえってので……」

長助の言葉を源太郎が否定した。

「そうともいえない。遺言がそうであっても相続人に指示された長男の血筋が全く絶えてしまった時には妾腹とはいえ、清兵衛が娘と認めている二人に遺されるのが普通だよ」

「ふり出しに戻ったね」

といったのは麻太郎で、

「糸屋の事件だが、財産が目的の殺人とすると、最初の番頭殺しがあてはまらない。といってお
とよ夫婦並びにおきみ殺しと分けて考えようとすると、四人共、アトロピンによる毒殺というの
がひっかかる」

アトロピンというのは、それほど一般に知られている毒ではないし、誰でも容易に入手出来る
かどうかと麻太郎は考えている。

「勿論、毒物に関係のある仕事をしていれば、その程度の知識はあるだろうがね」

「重兵衛の実家は薬種問屋だぞ」

と源太郎がいいかけて否定した。

「自分で持ち出した毒物で、自分が殺されるとは、それが事実なら皮肉な話だが、まあ無理か
な」

「源太郎君は八王子まで行って調べたのだろう。清太郎の他にもう一人いた筈のお三津の子の行
方は全くわからないのか」

麻太郎の視線を受けて、源太郎はうつむいた。

「とにかく、お三津さんの移住した静岡を調べるしか方法がないよ」

それは至難の業だと自分でいった。

「住所が判らない。誰も知らないというんだ。静岡といっても広い。第一、今でも静岡にいるのかどうか」

その夜の話はそこまでであった。

「とにかく、時代が時代だったからなあ」

という源太郎の言葉通り、新政府は日本国民の戸籍作りを行っているが、それはその時点での調査で、旧幕時代からのことがすべて明らかに記されているものではなかった。

勿論、華族と呼ばれる階級は別だが庶民が個別にその家系図を秘蔵していても、それを政府に届ける必要はなかった。

数日を麻太郎は胸になにかがつかえたような落つかない気分で過した。

もっとも、バーンズ診療所は外来患者が多いし、その合い間には往診もあるから、いつも糸屋のことばかり考えているわけにも行かない。

その日、麻太郎はバーンズ先生の使で横浜へ出かけた。

知り合いの医療品輸入業者欧州屋からバーンズ先生が註文しておいた医学書が入荷したとの知らせが電信で入ったからである。

鉄道で横浜（桜木町）まで五十三分、一日九往復している列車の旅は簡便だが、あっという間に着いてしまう。

久しぶりの横浜の町が、麻太郎にはなつかしかった。よく晴れた空の下に、本牧の海が広がっている。

はずむような足取りで歩いていた麻太郎が急に立ち止ったのは目の前の路地から髪をふり乱した女がとび出して来たからで、女の後方から初老の女と若い男が追いかけて行き、二人がかりで女を取り押えようとしている。

「神林先生」

呼ばれて視線をそちらへ向けると道の端にこれから行く欧州屋の番頭の禄右衛門が立っている。

「もう、ぼつぼつお出でなさる頃かと出て来たところでございますよ」

という。欧州屋の店は二町ばかり先であった。

「あのお人はお定《さだ》さんと申しまして、その先の小間物屋の娘でございますが、昨年、東神奈川の名主の家へ嫁入り致しまして、今月、出産のために実家へ帰って来て居りましたんで……」

港へ続く道を歩きながら禄右衛門が話し出した。

「神林先生は長いことイギリスに留学なさっていらしたそうでございますが、外国でも双子というのは忌み嫌われるものでございましょうか」

あっけにとられて麻太郎は即座に否定した。

「そんなことはないと思います。大昔のことは知りませんが、わたしが通っていた大学にも男の双子が通学していました。たしかに顔容《かおかたち》はそっくりでしたが、親は間違えることがないとか。二人とも優秀で少しばかり茶目っ気のある気持のよい若者でした」

「男と女の双子も左様でございましょうか」

「男と女の双子ですか」

それは知らなかったが、別になんということもないでしょうと応じた麻太郎に、禄右衛門は目を伏せた。

「文明開化のご時勢にかようなことを申すのはどうかと思いますが、昔気質《むかしかたぎ》の者はつまらぬことを申します」

「なにか具合の悪いことでもあるのですか」

「畜生腹なぞという……」

「畜生腹……」

「ああ、お許し下さい。手前が申すわけではなく、口さがない愚か者どもの戯言《たわごと》で」

黙ってしまった麻太郎に弁解するようにつけ加えた。

「昔はともかく、今時、左様なことを申しても、生まれた子供になんの罪があるわけでなし、どちらか一人を養子に出せといわれましても、親にしてみれば理不尽としか思えませんので……」

成程と、漸く麻太郎は事態を推量した。

「今の女の人、お定さんが男女の双子を出産したのですか」

禄右衛門がうなずいた。

「婚家のほうから、男の子だけを連れて帰って来い、女の子は実家へ残せといわれて、お定さんが昨日から半狂乱になっているのは、この近所では、みな知って居ります」

どうもつまらぬことをお耳に入れて、と禄右衛門が恐縮し、麻太郎は欧州屋へ入った。

目的の書籍の他に、少々の買い物をして麻太郎は帰途についた。

再び列車に揺られて東京へ戻りながら、なんとなく胸に浮んで来るものがあった。

糸屋の先代、清兵衛と女中奉公に来ていたお三津という娘との間に生まれたのが清太郎で、その清太郎がお信とかけおちしたあげく若死して、忘れ形見の清吉が糸屋へやって来た。

けれども、お三津は清太郎の他にもう一人、清兵衛の子を産んでいたらしい。

八王子で源太郎と長助が調べて来た結果によればその子は性別もわからず居所も知れない。

もし、お三津が生んだのが男女の双子であったとすると、清兵衛はどうするか。

親類の強い反対で正式に女房に出来ない女の子供でも、清太郎は糸屋の跡取り息子であった。

清兵衛としては、とりあえず清太郎を手許にひき取り、機会を待ってもう一人の娘もと考えるのではなかったか。

実際、春野と正式に夫婦になった清兵衛はまず、春野に子が出来ないのを理由に清太郎を糸屋へ入れ、春野の子として養育させた。けれども、もう一人の清太郎とは双子の娘に関しては、なるべくなら双子という事実をかくしておきたいと思うのが本音ではなかろうか。

畜生腹などという不快な言い方がまだ世の中に残っている時代、我が子、清太郎には少しでも不利な条件は取り去っておきたいと清兵衛が判断したとすると、双子の娘は遠縁からなにがしかの理由であずかったといいこしらえて糸屋へ入れるのが便法かも知れない。

そこまで思案して、麻太郎ははたと行きづまった。

歿った清太郎は今、生きていたとすると三十五歳の筈であった。糸屋にその年齢に当てはまる女はお雪しかいない。いくらなんでも双子の兄妹を夫婦にしようと清兵衛が考えるわけがなかった。では、清太郎の双子のもう一人が男だとして、これも該当者がいなかった。

清兵衛の妾腹の二人の娘の亭主である重兵衛と辰三郎は共に三十そこそこと聞いている。

加えて、重兵衛か辰三郎がお三津の子となれば、この二組の夫婦のどちらかが異腹の子同士が夫婦になってしまったことになるし、こちらもあり得ない。

横浜から帰って来た麻太郎からそんな話を聞いて、源太郎も首を振った。

「知らないで偶然そうなったというなら話は別だが、清兵衛が生きている中に結婚した二人の娘の夫の素性は、清兵衛が調べないわけがない。ただ、お三津さんの産んだのが双子というのは、麻太郎君の想像が当っていると思う。双子だからこそ、話をしてくれた八王子の大百姓が奇妙な笑い方をしたんだよ」

清太郎ともう一人、お三津の産んだ子は男か女かと訊いたのに対し、最初は女といい、次に男といい直して不快な笑いを見せた。

「あれは清太郎が双子の一人で、もう一人は……きっと女だったんだ」

「その子はどこにいると思う」

「どこかへ養子に出したか」

「いや、わたしは糸屋の近辺に居るような気がする」

清兵衛は子煩悩な父親ではなかったかと麻太郎はいった。

「いい家から嫁に来た春野さんに対してお三津のことはかくし切れなかったとしても、その子供達のことは、なるべくなら語らずにすませようとする。無論、春野さんが気を悪くするのが知れているからだ。女房に内証で血を分けた二人の子供、つまり双子だね、その子達のために出来るだけのことをしてやりたいと知恵を絞った。男の子の清太郎は糸屋へ引き取ることが出来た。残るはもう一人だ。源太郎君、もし君が清兵衛ならどうする」

源太郎がぼんのくぼに手をやった。

「どうするといわれても、わたしにはかくし子なんか居ませんからねえ」

それまで黙々とお茶を飲みながら二人の話を聞いていた花世がずばりといった。

「あの人、寅年の女は運が強いけど肉親の縁に恵まれないって易者がいったのを本気で信じているみたいだから……」

源太郎が恋女房の顔色を見た。

「寅年だと……」

「三十五の筈よ」

「あの人って誰だ」

「落ついて。麻太郎さんはわかったみたいよ」

「そうか、お雪さんか」

口に出してから、自分で否定した。

「花世さん、おかしいよ。清兵衛は清太郎とお雪を夫婦にしようとしたんだ。双子の兄妹を……」

花世が軽く源太郎を睨んだ。

「女房をさんづけで呼ばないって約束したでしょう」

麻太郎が逆上気味の源太郎に助け舟を出した。

「花世さん、君の考えを話してみてくれないか」

「わかっているくせに……」

「自信がないんだ、頼む」

くすりと笑って、花世が子供の頃と同じように胸を張って話し出した。

「清兵衛は本妻の春野の目を盗んで、なんとか双子のもう一人のお雪を糸屋へ入れようと画策した。多分、清兵衛の腹心だった番頭の吉之助が手助けをしたでしょうね。そうでないと、吉之助が殺される理由がみつからない」

ええっと声を上げた源太郎を麻太郎が制した。

「黙って。花世さんの話を聞こう」

「なにしろ春野って人は頭がよく廻るし勘も鋭い。そういう本妻の目をごま化すために、清兵衛はまずお雪を遠縁の娘として糸屋で面倒をみることにし、次に、清太郎の嫁にしようと春野に相談した。春野は亭主が遠縁の娘といった段階では、ひょっとすると他で作った子ではないかと想像する。けれど、もしそうなら清太郎の嫁にするわけはない。

さっきからさんざん二人がいってたように兄妹を夫婦には出来ないから。で、春野はやはり清兵衛のいうようにお雪は遠縁の娘なのかと納得する。ここのところが賢いようでもお嬢さん育ちの春野の甘い部分ね。清兵衛の作戦勝ちです。さて、お雪を糸屋へ入れておいて、清兵衛は本当のことを清太郎に打ちあける。お前の妹を幸せにするためだといわれて清太郎は父親に協力する。いい具合に清太郎はその頃、女中のお信と好き合って夫婦約束をしていたから、父親と打ち合せ、お信との結婚を反対されてかけおちするという筋書を作って実行した。行った先はお信の実家です。そこに落ついてお信は清吉を産んだが、お信も清太郎も病死してしまう。清太郎は多分、気の小さい人だったらしいから、なんのかのと気苦労が重なって病気になったんでしょうね。病いは気からっていうのでしょう、麻太郎さん」

名ざされて、麻太郎が苦笑した。

「その通り。お先をどうぞ」

「あとは皆さんの御存知の通りですよ。清太郎が死んで清吉が孤児になったことを知った番頭が、年を取って来て弱気になった春野をそそのかして、新聞に孫を探しているという記事を出させる。勿論、お金を払ってのこと。番頭の吉之助は春野に内証でお信の実家と連絡を取り、清吉を上京させ、糸屋の周囲をうろうろして春野と会わせるように仕組む。まんまと成功して清吉は糸屋で養われるようになる。ここまでが犯人の下ごしらえ、次に本番が始まった。犯人の目的は糸屋の財産を継ぐ資格のある人々を駆除すること。その前に、犯人の存在を知っていて、今までなにかと協力して来た番頭の口を封じ、続いて重兵衛とおとよ夫婦、それからおきみ」

「どうして、辰三郎は殺さなかったのかな」

口をはさんだのは麻太郎で、とたんに花世に叱られた。

「わかっているのだから、口をはさまないで下さい。知っているのに知らないふりをするのは昔っから麻太郎さんの悪い癖です」

麻太郎がぼんのくぼに手をやり、花世は悠々と続けた。

「犯人が辰三郎を殺さなかったのは、お上の目をごま化すため。うまくするとおとよ夫婦殺し、おきみ殺しの下手人にされるかも知れないし、そうならなくとも辰三郎の場合、おきみが生きていれば糸屋の財産相続が出来るけど、辰三郎一人ではなんの権利もないからです。違いますか、麻太郎さん」

麻太郎が手を叩き、花世はもったいぶって片目をつぶってみせた。その代りに源太郎がいい出した。

「しかし、清兵衛の妾腹の娘夫婦は相続人から姿を消しても、れっきとした後継者として清吉君がいるじゃないか。春野さんに万一のことがあれば財産は清吉君のものになる」

「それでいいのです」

「どうして……」

わからない人といわんばかりに花世が源太郎を睨んだ。

「清吉が生きていたほうが、犯人には都合がよいのです。むしろ、清吉をすんなり相続人にしないと、犯人の立場はなにかと厄介になる。犯人は清吉を糸屋の後継者にして、自分は清吉の後見人になる。なんといっても、犯人は清吉の血を分けた叔母ですからね」

源太郎が大きな歎息をついた。

「人はみかけによらないなあ。あのお雪さんが人殺しかよ」

花世が持っていた茶碗を源太郎に投げ、麻太郎は慌てて畝家を逃げ出した。

# 八

源太郎が亡父の友人で警察に勤務している柴田善平に話をし、その結果、糸屋に探索の手が入り、アトロピンを所持していたお雪が取調べを受け、やがて犯行を認めた。

「アトロピンは春野さんの目の治療のために重兵衛の実家から取り寄せ、それをお雪が内証でかくしておいたそうだ。番頭の場合はそれをお茶に。重兵衛夫婦には酒に。おきみのは自分が先に帰る前におきみが常用していたどくだみ茶の中に放り込んだとか」

朝野新聞にはかなり大きな記事が出て、暫くは世間の話題を独占した。

次の日曜日、麻太郎が「かわせみ」へ訪ねて行くと、早速、るいが報告した。

「昨日、春野さんがお出でになったのですよ。一時はどうなることかと思い、糸屋の内情が世間にさらされるのがつらいと涙も出たけれど、今となっては大掃除が終ったようで、気持の整理がつきましたって。清吉さんを一人前にして糸屋を継いでもらうまで、石にかじりついても生き延びるつもりだとおっしゃっていましたよ」

糸屋の財産に狂った人々に、下手をすると自分も清吉も殺されたかも知れないと思うとぞっとする反面、お雪を憎む気にもなれず、少しでも刑が軽くならないものか弁護士に相談しているらしいという。

麻太郎はなにも答えず、いつものように、るいのいれてくれるお茶を飲み、「かわせみ」の飯で腹一杯になって千春の話し相手になり、夜になってバーンズ診療所へ帰った。

大川端町から築地まで、月夜の道を歩きながら、麻太郎はやはり糸屋のお雪の気持を考えていた。

新聞は金のために殺人の罪を重ねたと単純に書いていたが、一人の女の心情には他人が窺い知ることの出来ないさまざまのものがあるに違いない。

取調べに対してお雪は、自分の母親を捨てた清兵衛を憎悪していたこと、糸屋の正当な相続人は清太郎と自分と二人であるべきなのに、春野や父の妾腹の子供らの自由になっているのが許せなかったことなどを訴えていると源太郎から聞いている。また、番頭の吉之助を殺害したことについては、信じて頼り切っていたにもかかわらず、本心は自分に対してよこしまな情欲を持って承知しなければ万事を暴露すると脅迫されたためともいう。

お雪がその生涯で唯一、信じられたのは双子の兄の清太郎だけではなかったのかと、麻太郎は考えた。

母の胎内で抱き合って育った兄妹は物心つかない中に他人の手でひき裂かれた。

あの世の清太郎は殺人に手を染める妹を、どんな気持でみつめていたかと思う。

大川からの風が凪《な》いだと思うと、闇の中に若葉の香が漂って来た。

元、大名家の下屋敷のあったこのあたりはまるで社寺の境内のように樹木が高く聳《そび》えている。

月影を背に、麻太郎は足早やに居留地へ急いで行った。

# 横浜不二山商会《よこはまふじやましょうかい》

## 一

高山仙蔵の住居は、安政六年（一八五九）に開港場となった横浜の旧桟橋から、馬車道を大岡川にかかる吉田橋に近づいたあたりにある。

素朴な杉の柱に藁葺《かやぶ》き屋根を載せた門をおぼつかない足取りで入って来た女は三十なかば、上等な身なりをしていて、顔色こそ青ざめていたが、通りすがりの人がはっとふりむくほどの美貌の持主であった。

女は正面の玄関へは向わず、脇の枝折戸《しおりど》から庭へ出て、飛び石伝いに縁側へ歩いた。そこに居た高山仙蔵と二人の若者へ両手をさしのべるようにして、

「わたくし、夫を殺しました……」

澄んだ声で叫び、そのまま崩折れるように縁側に倒れた。

細い肩が上下に激しく揺れ、僅かに開いた唇からは、せわしなく息が洩れる。

「お志津さん」

仙蔵が叫び、若者の一人が女を抱き起した。

## 二

横浜本町通りといえば、開港と同時に新設された本町の横浜町会所から弁天橋へ向う一直線の道で、その両側には急遽、進出して来た茶商や生糸商が競うように軒を並べている。

その中でも、ひときわ目立つのは、二階建の店の大屋根の中央に神社建築でいうところの権現造りを模した派手な破風《はふ》を持つ切妻をつけ、屋根は青、柱は赤と、けばけばしい色彩に塗りたてである大店で、それが横浜名物の一つに数えられる不二山商会であった。

本来は茶商だが、商うものは茶に限らず、西洋人好みの家具やら古い日本の仏像や甲冑、さまざまの美術品がところせましと並んでいる。

「横浜は少々、来ない中《うち》に随分変ったと思ったが、この一帯は格別だね。いったい、どこの国へ迷い込んだかと思うくらいだ」

肩を並べて歩いていた畝源太郎が左右を眺めて呟き、神林麻太郎もうなずいた。

「わたしも驚いた。もっとも、わたしの知っている横浜は海岸通りか居留地のほうで、この辺はあまり来たことがなかった」

二人が足を止めたのは不二山商会の前であった。

道に面した所はすべて大名家ででも使われていたような重厚な簾《みす》が床まで下りている。

そのせいで屋内の様子は全く見えない。

店の外はのどかであった。

犬が悠々と歩いて行き、道の向う側には人力車が三台、停っている。客待ちか、車夫は三人共、各々の恰好で煙草をのんでいた。

「なんだか、おかしくはないか」

そっと麻太郎がいった。

「巡査がかけつけて来ている様子もないし、隣近所がさわいでもいない。主人が殺されて、この静けさはないだろう」

「まだ、誰も気がついていないのかも知れないよ」

「まさか」

「これだけの大きな店だ。もし、奥の部屋で殺されたのなら、店のほうにいた奉公人はわからないかも知れない」

「奥にだって女中がいる筈だ」

その時、不二山商会の入口の扉が開いた。

客らしい男を送って店からもう一人出て来る。

「それじゃ番頭さん、何分よろしく」

番頭と呼ばれた初老の男が丁寧に腰をかがめ、帰って行く客を見送って、やおら扉の中へ入ろうとするところを源太郎が声をかけた。

「少々、うかがいますが、こちらは不二山商会さんでしょうか」

番頭が物柔かな口調で応じた。

「左様ですが、なにか御用で……」

御主人が、といいかけて源太郎がくちごもり、咄嗟《とっさ》に麻太郎が続けた。

「わたしは医者ですが、御主人のお具合が悪いと知らせが参ってうかがったのですが……」

「手前共の旦那様が……」

番頭の背後から男が戸口に出て来た。中肉中背だが、なかなかの男前であった。口跡はさわやかで、雰囲気になんともいえない男の色気がある。

「なにかの間違いでしょう。どちらをお訪ねですか」

「不二山商会と聞いたのですが……」

「不二山商会の主人ならわたしだが、この通り、どこも悪くはない」

源太郎が代った。

「失礼ですが御新造様は御在宅でしょうか」

「なに」

番頭が代りに答えた。

「奥様は御実家のほうへお見舞に……」

なにかいいかける源太郎を制して麻太郎がいった。

「こちらに御隠居様は……」

「旦那様の御両親はどちらももうお歿《なくな》りでございますよ」

「岡様とおっしゃいますのは……」

「それは、奥様の御実家で……」

「間違いました。とんだ御無礼を……」

源太郎をうながして立ち去りかけると、すぐ番頭が追って来た。

「もし、奥様の御実家の場所は御存じで……」

「以前、おうかがいしたことがありますので……」

もう一度、頭を下げて、麻太郎と源太郎は本町通りを走り抜けた。

二人が足を止めたのは、もうふりむいても不二山商会の建物がみえない所まで来てからで、

「麻太郎君、いったい、どういうことだと思う」

狐に化かされたようだと源太郎が苦笑まじりに呟いた。

「高山先生の前で、お志津さんは亭主を殺して来たとはっきりいったんだぞ」

麻太郎が道のむこうの桜樹の林を眺めた。

「とにかく、あそこで休もう」

そこに小さな茶店がある。

高山仙蔵の家から走り続けて本町通りの不二山商会まで行ったのであった。体力のある二人なので、それほど息は切らしていなかったが、咽喉《のど》は渇いていた。

麻太郎が先に、源太郎が続いて茶店へ入った。花見の季節はとっくに終っていて、茶店には客の姿もない。

源太郎が奥へ声をかけると、若い女が出て来た。

「わたしはラムネだけど、麻太郎君は……」

「同じでいいよ」

若い女が黙って奥へ入り、二人は縁台へ腰を下した。

「御亭主はぴんぴんしていたじゃないか」

わたしが不二山商会の主人だが、と名乗った男は血色がよく、痩せ形だが健康そうに見えた。

「まさか幽霊じゃないだろう」

忌々《いまいま》しい顔で運ばれて来たラムネを飲んでいる源太郎に麻太郎が穏やかな口調でいった。

「お志津さんは刃物で突き殺したといったな」

「そうだ。短刀で正面から突いたと高山先生に答えていた」

ゆっくりラムネの瓶に手を伸した麻太郎に、源太郎は片手で濡れた口許を拭きながら声を昂《たかぶ》らせた。

「大声を出すなよ。源太郎君らしくもない」

ちらと店の奥を窺って麻太郎がたしなめ、源太郎は再びラムネを喇叭《らっぱ》飲みにした。

「おかしいとは思ったんだよ。お志津さんは返り血を浴びていなかった」

「それは、わたしも気がついた」

ラムネの瓶の首にゆっくり口を近づけながら麻太郎が応じた。

「しかし、当人が殺して来たという以上、かけつけないわけにも行かないからね」

「お志津さんの妄想か」

「夫婦の間に、妄想を起すほどのことが持ち上っているならばだな」

ラムネで咽喉の渇きをとりあえず癒して二人が横浜駅に近い高山仙蔵の家へ帰って来ると、待っていたように仙蔵が下婢に命じて井戸につるしてあった西瓜をひき上げさせた。

「どうやら無駄足だったようだな」

二人を眺めて気の毒そうにいう。

「不二山商会に異常はなかったのだろう」

「先生はわかっておいででしたか」

「人を殺して来た人間は、あんなものではないからな。それでも、君達に行ってもらったのは確認のためだ」

御苦労さんといいながら下婢が切って来た西瓜を勧める。

「お志津さんは実家へ行ったよ」

高山家の近所であった。

「あとから富吉をやって、それとなく様子を窺わせたが、なんということもなく家族で茶を飲んでいたそうだ」

つまり、お志津は実家では、亭主を殺して来たとはいっていない、と仙蔵は軽く顔をしかめた。

「では、なんのために先生の所へ左様なでたらめをいって参ったのでしょうか」

源太郎が肩を怒らせ、仙蔵が西瓜の一切れを取って塩をふった。

「わからぬが、おそらくはお志津さんにとって、ここは都合のよい家に思えたのでもあろうよ」

高山仙蔵は隣近所と全く交際をしていない。

奉公人は下僕の富吉と下婢の二人だが、どちらも古くから仕えていて主人の気性を飲み込んでいるから、よけいなお喋りはしない。加えて、お志津の父親の岡三郎兵衛とは仙蔵が横浜に居をかまえてからの友人で、囲碁仲間であった。

岡家の家庭の事情も或る程度は承知している。

「しかし……」

一切れの西瓜を食べ終えて一息ついたような源太郎が少しばかりためらってから訊いた。

「仮にも御亭主を殺して来たというのは異常ではありませんか」

嘘や冗談にしては度が過ぎている。

「君の質問の返事にはならんがね、不二山商会の主人、藤山洋介というのは横浜商人の中では屈指の出世頭だよ。君達は本町通りの不二山商会の店をみて来ただろう。まるで、城のようだといわれて居る」

「趣味が悪いと思います。日光の東照宮を真似たそうですが、いくら骨董を商う店だからといって、正面に閻魔《えんま》像、左右に仁王、屋根に鯱《しやちほこ》というのは馬鹿馬鹿しくて目もあてられません」

源太郎が憤慨するのを、仙蔵は軽く制した。

「しかし、西洋人は珍らしがって押しかけて来る。客が来なければ商売繁昌とは行かない」

「先生」

「わしもあの外見は出来そこないの山車《だし》みたいで好かんがね」

不二山商会というのは、先代が静岡出身であったと仙蔵は話した。

「今の当主は四十を二つ三つ越したか。なかなかの切れ者だそうだ。商売上手で稼ぐものも大きいが、英雄色を好むという奴で、妾の数は旧幕時代の将軍並みといわれているが、わしの知っているのは港崎《みよざき》町から請け出した妓でちゃぶ屋をやらせているというのと、元は生糸商の娘で嫁入りしたが亭主に死なれて出戻ったのを、親許とどういう話し合いをつけたのか、妾宅に囲《かこ》っている二件だが、ま、男に甲斐性があればそれくらいは当り前と、世間の評判は悪くはない」

神妙に聞いている二人を眺めて苦笑した。

「ま、こういう結果になると、お志津さんが突然、気がふれたか、悪い冗談をいったかということになるが、それですめば天下泰平だがね」

三

神林麻太郎が横浜から帰って来て五日目に、狸穴《まみあな》から麻生宗太郎が築地居留地のバーンズ診療所へやって来た。

金曜日のことで、麻太郎は午前中はけっこう広い待合室が常に満杯になるほどの外来の患者をバーンズ先生と手分けして診察し、午後は居留地の家を三軒、往診して漸《ようや》く一息ついた。

診療所へ戻って来たのは夕方の五時を過ぎていて、

「御苦労様でしたね。麻生先生がお待ちになっていらっしゃいますよ」

とマギー夫人から知らされた。

麻生宗太郎は、麻太郎にとって亡父の親友であり、医者としては大先輩でもあるので、慌てて待合室をのぞくと、誰も患者のいなくなった広々としたところに、麻生宗太郎がバーンズ先生と紅茶を飲みながら話をしている。

挨拶をした麻太郎に、

「麻生さんが君に話があるそうだ。万一、急患があってもわたしが診るから、かまわずお供をしなさい」

とバーンズ先生がいう。

「では、麻太郎君をお借りします。あまり遅くならぬ中に帰らせますので……」

笑いながら宗太郎が頭を下げ、麻太郎はその後からバーンズ診療所を出た。

宗太郎が足を向けたのは築地の精養軒ホテルのダイニング・ルームで、

「本当はおるいさんの所が気楽でいいんだが、花世が出て来るとうるさいのでね」

軽く首をすくめた。

畝源太郎と夫婦になった花世が一念発起して週に三回、A六番館女学校の仕事が終った後に「かわせみ」へやって来て板前から料理のあれこれを習っているのは麻太郎も知っていた。どうやら、今日はその実習日にぶつかっているらしい。

精養軒ホテルのダイニングルームで少し早目の夕食を摂りながら、宗太郎はちょっとあたりに目をくばってから低く話し出した。

「君は不二山商会の御新造に会ったことがあるね」

だしぬけだったので麻太郎はまじまじと宗太郎をみつめた。

「お志津さんという人ならば、高山先生の所でお目にかかりました」

「その時、御亭主を殺したといったそうだが……」

「たしかに……ですが、わたしと源太郎君が不二山商会へ行ってみると、御主人には何事もなく……」

「藤山洋介が殺されたんだ」

麻太郎が絶句し、宗太郎が続けた。

「不二山商会の主人だよ」

「いつですか」

「死体が発見されたのは横浜公園、君は知らないと思うが、港崎遊郭の跡地だ」

横浜居留地に住む西洋人の要望で、日本人には馴染の薄い公園というものを、たまたま火災で焼失した遊郭を吉田新田へ移し、プラントンという御雇《おやとい》技師の設計で造ったが、植え込んだ桜樹の大半はまだ若木ばかり、これといって見るものもないので、今のところ、わざわざやって来る物好きはいない。

昼間は人夫が親方に指示された場所の土を掘り返したり、道造りをはじめているものの、夜はまっ暗で飼主を失った野犬がうろうろしている。

藤山洋介の死体を発見したのも、野良犬で、何匹もが集ってしきりに吠え立てるのを、近所の住人が犬を追い散らしに行ってのことで、かけつけた巡査が死体の顔を知って居て、不二山商会に連絡が来た。

たまたま、麻生宗太郎は高山仙蔵を見舞に行ってその事件を耳にしたという。

「この前の麻太郎君の報告で、高山先生は元気らしくふるまっていらっしゃるが、ひどく痩せられて時折、下血もある。奉公人に先生が近頃、愛用されている漢方の薬の名を聞いて君が判断した通りだとわたしも思ったので、千種屋に用事があって来たついでということにしてお寄りしてみた。先生は御自分の病気のことを知っておいでだ」

麻太郎が目を伏せた。

「イギリスで、同様の患者を何人か診たことがあります。むこうでは今のところ不治だと……。漢方ではどうでしょうか」

「完治は難かしいが、唯一の救いはあの病いは若い者ほど病気の進むのが早いといわれて居る」

「高山先生は御老齢です。体力も気力も抜群と思います」

麻太郎が強くうなずいた。

「先生は命を粗末になさらぬ。どうやら、御自分の体を使って、さまざまの薬を験《ため》してみておいでだ。その記録もとって居られる。人間はなすべきことをなさねばならぬと笑っていらっしゃった」

ところで、と語調を変えた。

「高山先生が源太郎君に、不二山商会の事件を調べてくれないかといわれた。但し、目下、探偵の依頼があって多忙であれば急ぐには及ばずとね」

麻太郎をみて苦笑した。

「君は医者の仕事を第一にしなければいかぬぞ。まあ、源太郎君に助言するくらいは大目にみるが……」

懐中からいささか古びた印伝の財布を出した。

「高山先生からおあずかりして来た。もし、源太郎君が調査にとりかかるならば渡すようにと……」

翌日、午前中の診療を終えて、麻太郎はまっしぐらに畝源太郎の家へ走った。

源太郎は狭い庭に朝顔の鉢を並べて水をやっている。

「今朝、花世に頼まれていたのを忘れていましてね」

「そういえば千春から聞いたが、花世さん、学校を替ったたって……」

今月になって、築地居留地の十番と十一番に校舎のある海岸女学校の教師となったそうだね、といった麻太郎に源太郎が嬉しそうに笑った。

「まあ、今までの所がカロザス先生の転勤なんぞでいろいろあったらしいんだが、幸い、わたしの母親の知り合いが海岸女学校の校長のスクーンメーカー先生と昵懇《じっこん》で、そちらからの口ききで採用されたみたいだよ」

「そりゃあよかったね」

「うちのお袋が、ぼつぼつ孫の顔をみたがっているんだが、これぱっかりは神様からの授りものというから……」

照れくさそうな友人に、麻太郎はてっとり早く高山仙蔵からの伝言を話した。

「依頼されなくとも、わたしは自力で調べようと思っていたんだ」

不二山商会の藤山洋介が殺された事件は新聞で読んだ、といった。

「警察は全く犯人の見当がつかないらしい」

新聞の記事で知ったのは、殺された藤山洋介は親代々の商人だが、妻の志津は士族の出で御一新前、父親は西国の某藩の家老職の地位にあったということと、志津には同じく士族の悴で忠次郎という許嫁《いいなずけ》があったが、志津がのぞまれて不二山商会へ嫁いだ後、妹の光が忠次郎と夫婦になって岡家を継いでいる点で、

「おそらく、士族の殆んどがそうなように、岡家も勝手元が不如意だったのじゃないか。大金持の不二山商会が金の力でお志津さんをものにしたんだよ」

腹立たしげに罵った。

「しかし、裕福な家へ嫁いだというのは、お志津さんにとって不幸せとはいえないだろう。高山先生がおっしゃっていたが、お志津さんの両親の家は先生の近くでね、父親の三郎兵衛という人は高山先生の囲碁仲間だとか。つまり、悠々自適の暮しをしているのは、不二山商会のほうからの仕送りと考えてもいいのじゃないかな」

と麻太郎がいうように、新聞が書いている通り、志津の父親は士族で還暦に近い年齢であり、老妻と二人の娘を抱えてそうゆとりのある暮しが出来たとは思えない。

「お志津さん、つまり、藤山夫妻には子供はいないのかい」

気がついて麻太郎が問い、

「一人いるみたいだ。海太郎、たしか五つと新聞に出ていたよ」

源太郎が応じた。

「家庭的には恵まれているようだね。少くとも外見からはそうだろう」

「外見からわからないものもあるよ」

「根拠はあるのか」

たたみ込まれて、源太郎が沈黙し、麻太郎が上位に立った。

「わたしは一つ、根拠を持っている。お志津さんが、殺してもいない御亭主を殺したといって高山家へとび込んで来たことだ」

冗談にせよ、幸せな人妻のいう言葉ではないと麻太郎は断言した。

「あれはあの人の心の中にあるものが口をついて出たという感じだよ」

源太郎が眉を寄せた。

「とにかく、わたしは横浜へ行きます。高山先生に頼まれたことでもありますし……」

麻太郎もいった。

「わたしも行くよ。花世さんへの連絡は……」

「置き手紙をする。毎度のことなんだ」

慌しく二人は新橋駅へ向った。

陸蒸気《おかじょうき》でおよそ一時間、麻太郎にとっても源太郎にしても、通い馴れた横浜までの道中が今日ほど長く感じられたことはなかった。

だが、横浜の駅舎を出たところで、いきなり名前を呼ばれた。

「神林先生、畝源太郎様」

走りかけた出鼻をくじかれて、麻太郎が危く立ち止り、続いた源太郎がぶつかりそうになった。

「富吉じゃないか。高山先生のお具合が……」

麻太郎の頭に浮んだのは高山仙蔵の体調であったが、富吉は大きく手を振った。

その富吉の背後に思いつめたような表情の若い女が麻太郎と源太郎をみつめている。

「高山先生のお指図で、今から貴方様を東京までお迎えに……」

慌しく息をつないで訊いた。

「不二山商会の旦那様が殺されなすったのは御存じで……」

「東京の新聞にも出た。我々は麻生先生から高山先生の伝言を受けてやって来たんだ」

富吉ががくがくと首を振った。

「巡査が……藤山様の御新造をしょっぴいて行ったんです」

若い女が叫んだ。

「間違いです。姉さんは義兄《にい》さんを殺してなんかいません。本当です」

麻太郎が若い女へ視線を向けた。どこか、藤山志津に似ている。

「あんたは、お志津さんの妹か」

「光と申します。どうか、姉さんを助けて下さい」

周囲に人が立ち止り出して、源太郎がいった。

「ここではまずい。行こう」

四人がひとかたまりになって大江橋を渡り、そのまま高山仙蔵の家へかけ込んだ。

仙蔵は縁側にすわっていたが、四人を見ると腰を浮かせ、

「やあ来てくれたか。どこで出会った」

と富吉に訊く。

「いい具合にステンショの所でお目にかかりました」

律義に返事をし、三人が縁側から座敷へ上るのを見届けてから、自分は勝手口へ廻って行く。

「不二山商会の御新造が巡査に連行されたそうですが……」

早速、源太郎が口を切り、仙蔵が苦い顔をした。

「今、岡三郎兵衛どのが会所へ行かれた。なに、疑いはすぐ晴れる」

お光が仙蔵ににじり寄った。

「姉さんはなにもしていません。出来るわけがないんです」

仙蔵が娘へ軽く手を上げた。

「待ちなさい。ちょうど頼りになる助っ人も着いた。最初から話してみなさい」

藤山洋介の遺体が発見されたのは横浜公園だが、生きている姿を最後に見たのは誰かわかるか、と訊いた。

お光が片手で胸を押え、仙蔵に反問した。

「つまり、前の晩のことでしょうか」

このところ、自分は姉の家に泊っていたと話し出した。

「前の晩、義兄さんは出かけていて遅くに波子に送られて帰って来ました」

源太郎が口をはさんだ。

「波子とは、どういう人です」

「妾です。港崎町の女郎上りの……」

一座がしんとし、気を取り直したように源太郎がうながした。

「申しわけありません。先を続けて下さい」

お光がちらと源太郎を眺め、ぼそぼそした口調でいった。

「義兄さんが帰って来たところからでいいですか」

「お願いします」

頭を下げたのは麻太郎で、

「遅くとおっしゃいましたが、時間はわかりますか」

と訊いた。

「ステンショのほうで汽笛が聞えたから、あれは新橋行の最終の……」

麻太郎がうなずいた。

「十一時二十二分でしょう」

「ええ、そうです。表に人力の停る音がして、姉さんが玄関へ出て行きました。あたしは一足遅れで、開いていた玄関の戸のむこうに人力車がみえて、姉さんが義兄さんと相乗りして来た女に御苦労様でしたと挨拶をしている声が聞えました」

「いつも、そういうふうに、女の人に送られて帰られるのですか」

といったのは源太郎でお光は無表情で合点した。

「波子は必ずこれみよがしに二人乗りの人力で送って来ます。必ず、姉さんが出迎えるのを承知の上で……。あと送って来るのは永楽町の妓ぐらい」

お光が永楽町といったのは横浜吉原と呼ばれた港崎町の遊里が焼けた後、吉田新田に移り、それが再び明治四年に焼失してからお上の許しを得て開業した遊女町であった。

どうやら藤山洋介は相当の遊び人であったらしいと源太郎は苦が苦がしく思った。で、

「永楽町の妓に馴染はいるのでしょうね」

ずけずけと訊いてみると、

「二、三人はいるようですが、特に身請けをしようというのは今のところないようです」

まるで他人事のような口ぶりであった。

「他に女は……」

「浅間神社の石段の下の町に家を持たせている春江さんという女がいます」

波子の話をした時とは違った口調であった。

波子の時は如何にも憎々しげであったのが、春江という女に対しては、それがない。

「やはり、娼妓ですか」

といった源太郎に、やや口ごもって、

「もう倒産《つぶ》れてしまいましたけど、昔は元町通りの生糸を商う店の娘さんです」

いってしまってから険しい顔になった。

「なんで義兄さんの女のことばかり訊くのですか。義兄さんを殺したのは、妾の誰かだとでもいうんですか」

源太郎がお光を正面から眺めた。

「あなたは、藤山洋介さんを殺害したのは、洋介さんにかかわりのある女の一人だと思いますか」

お光が唇を嚙んだ。

「そんなこと、わかりません」

「わたしが聞いたところでは、洋介さんは刃物で胸を突かれて歿《なくな》っていたとのことですが、洋介さんのつき合っていた人の中に、それほどの怨みを持っている者があったと思われますか」

激しくお光が首を振り、髪に挿していた塗り櫛がはずれて落ちた。

「知りません」

櫛を拾いながらつけ加えた。

「あたしは、義兄さんの御商売のほうのことは、なんにも存じませんから……」

「仕事上の怨みとは限りません。女の怨みということも……」

「知りませんったら知りません。なんだってそんなことを訊くんです。あなた、お役人ですか」

源太郎がおっとりと応じた。

「わたしは探偵です」

「なんですって」

「御存じありませんか。事件の謎を解く仕事です。迷子の猫を探したり、商売の帳尻が合わない理由を明らかにしたり、殺人は誰が何故、行ったか、ありとあらゆることを調べ、世の中に正義が行われるよう全力を尽します」

お光がうつむいて黙り込み、麻太郎は富吉が運んで来た客用の茶碗の一つをお光の前におき、もう二つを源太郎と自分のために取り上げた。

ひっそりしてしまった部屋に鼾《いびき》が聞えた。

高山仙蔵は机によりかかって気持よさそうに眠っている。

## 四

夜明け頃から降り出したらしい雨が午《ひる》近くなって漸《ようや》く上ったかと思ったのに、気がつくと、また、しとしとと軒端を濡らしている。

大川端の旅宿「かわせみ」の帳場のところから、るいがなんとなく帳面を片手に空を眺めたのは、ぼつぼつ、今日の泊り客が到着する時刻であったからで、この季節の雨は傘をさしていても、いつの間にか全身がしめっぽくなっている。

そのあたりは心得ている女中頭のお吉が、女中達を指揮して、客室には手あぶりほどの小さな火鉢に炭火をいれて、寒くも暑くもないよう部屋の空気を整えていた。

「どうも、虎が雨になりましたようで……」

今しがた、たて続けに馬車が通った道を、清掃に出ていた嘉助が竹箒《たけぼうき》を正吉に渡し、暖簾をちょいとかかげて入って来た。

「ああ、うっかりしていました。今日は昔の暦でいうと五月二十八日でしたか」

るいの反応に、嘉助は嬉しそうにうなずいたが、その後に続いた正吉はぴんと来なかったらしい。

「五月二十八日は、なんの日でございますか。虎が雨とか申すのはいったい……」

嘉助が笑った。

「正吉どんは、あんまり講釈場へは行かねえからな。曾我兄弟の仇討なんていってもわかるまいが……」

「いいえ、大番頭さん、いくら手前がもの知らずでも十郎五郎ぐらいは知って居ります。父の敵《かたき》の工藤祐経を富士の裾野の巻狩にまぎれ込んで討ち果した話でしょう」

「それが五月二十八日、といってもこの節の暦じゃねえ、江戸の時分の暦でいう五月二十八日だ」

るいがつけ加えた。

「虎御前というのは大磯の遊女で、十郎祐成の恋人なのですって。十郎は首尾よく仇討をしてから、源頼朝の御家来衆に討たれてしまい、弟の五郎時致《ときむね》は捕えられて処刑されたのです」

「成程、それで、五月二十八日に降る雨を、虎が雨というのですね」

感心している正吉に、嘉助が鼻の頭をこすり上げるようにした。

「江戸の人間は気のきいたことをいったもんだ。薩長のおえらいさんにゃ、わかるめえがね」

「嘉助……」

るいが形ばかりたしなめて、一座は各々に忍び笑いをした。

麻太郎が入って来たのはそんな時で、るいと嘉助に軽く頭を下げてから、

「早速ですが、お願いがあります。お客を一人、泊めて頂きたいのですが、部屋はございますか」

といった。

嘉助が威勢よく立ち上った。

「水臭いことをおっしゃっちゃあいけません。若先生のお連れなすったお客様をお断りするわけはございません」

るいもいった。

「お客様はどちらに。まさか外にお待たせしているなんてことはありますまいね」

麻太郎がちょっとぼんのくぼに手をやった。

「その、まさかです。今、呼んで来ます」

暖簾から上半身を外に出して、

「どうぞ、お入りなさい。ここはわたしにとって親の家のようなものですから……」

声に応じて姿を見せた女を、るいも嘉助も一瞬、息を止めて見守った。てっきり、麻太郎の案内して来た客は男とばかり思い込んでいたからである。

るいと嘉助の視線を浴びて女は緊張した様子ではあったが、悪びれはしなかった。

「はじめてお目にかかります。私、藤山志津と申します」

低いが、よく透る声で名乗り、丁寧に腰を折ってお辞儀をした。

「横浜から陸蒸気《おかじょうき》で着かれたんだ。よろしくお願いします」

麻太郎にうながされるまでもなく、るいも嘉助も素早く「かわせみ」の女主人と番頭として動いていた。

るいに呼ばれて、お吉がとんで来る。下足番は正吉がつとめて麻太郎の短靴と客の下駄を片付ける。

「かわせみ」の客室の中では奥まったところにある紫陽花《あじさい》の間へ藤山志津を案内したのは、この部屋の名にもなっている庭の紫陽花が、ちょうど見頃であった故であった。

「これは、きれいに咲きましたね」

一緒について来た麻太郎が感嘆し、それまで、うつむいていた志津がわずかばかり顔を上げ、青紫の花群を暫く眺めている。

で、るいは後をお吉にまかせて居間へ戻っていると、すぐに麻太郎が来た。

「毎度、御厄介をおかけして申しわけありません」

神妙に頭を下げるのに、るいはあでやかに笑った。

「なにをおっしゃいます。ここは麻太郎さんがよけいな気を使われなくてよい家ではございませんか」

座布団にくつろいだ麻太郎へ訊いた。

「冷たいラムネでもお持ちしましょうか」

「いや、お茶がいいです。るい叔母様がいれて下さるお茶が一番旨い」

「お世辞が上手におなりになったこと……」

長火鉢の上の鉄瓶を取って手ぎわよく煎茶の仕度をするるいに、麻太郎は手短かに横浜の不二山商会での事件を話した。

るいはよけいな合の手は入れず、黙って聞いていたが、麻太郎の話が終ると、

「もしや、不二山商会の御主人を殺した下手人の疑いが、奥様にかかったのでは……」

という。

「どうしてそう思われましたか」

「今、麻太郎さんがお話しなすったではありませんか。ちょっと前に、奥様が殺しもしていない御主人を殺したと、高山先生のお宅にお出でになったと……」

「巡査が一応、お志津さんを連行して事情を訊いたそうですが、すぐ放免になりました」

「疑いが晴れたということですね」

「今のところは、です」

藤山洋介の死体が横浜公園で発見された前夜、十一時二十二分頃に、洋介は妾の波子に送られて本町通りの不二山商会の自宅へ帰って来ている、と麻太郎は順を追って話した。

「出迎えたのは、お志津さんと、たまたま訪れていたお志津さんの妹のお光さんで、女中はもう自分の部屋へひき取って寝ていたようです」

洋介はかなり酔っていて、着替えもそこそこに自分の部屋で横になった。

「念のためにいいますが、随分と以前から藤山夫妻は寝室を別にしていたそうです」

藤山家では奉公人が店の二階に、洋介は住居にしている棟の奥まった部屋を居室兼寝室に使って居り、事務室と応接室をはさんで来客用の食堂と家族の食堂、親類などが寝泊り出来る八畳の和室、それに納戸があって志津のための化粧部屋と居間、家族の浴室と手洗場が配置されている。また、家族のための台所や使用人の手洗場なぞは各々、別棟になっていて渡り廊下でつながれていた。

従って、洋介が寝室へ入った後、志津は夫の部屋とはかなり離れた化粧部屋で寝仕度を整えてから自分の居間に用意された布団へ入り、その夜、藤山家へ泊ったお光はその棟の中央にある八畳間で眠りについたそうだと、麻太郎はるいの前に広げた紙に簡単な藤山家の間取りを書きながら説明した。

「随分、広いお家なのですね」

麻太郎の背後から買って来たばかりの米饅頭の包を持ったまま、のぞき込んだ千春が口をはさんだ。

「それに、御主人夫婦のお部屋がすみとすみに別れているなんて、余っ程、仲がよくなかったんでしょうか」

「千春」

と、るいがたしなめたが、千春は麻太郎の横へ割り込むようにして藤山家の見取図を眺めている。

「第一、御夫婦の部屋の間のまん中に、奥様の妹が泊るのも気になります」

首をすくめて麻太郎を見る。

「それはまあ、親類が来た時に泊る部屋だから……」

「どこに住んでいるんですか、妹さん……」

「ええっ」

「夜になって帰れないくらい遠いとか……」

「参ったな、千春には……」

苦笑して教えた。

「同じ本町通りを北中通りへ向う路地を入った所なんだ。女でもほんの一っ走りか」

「よく泊って行くのですか、不二山商会には……」

　およしなさい、といいかけて、るいは諦めた。容貌も父親似だが、この娘の性格は若き日の父親そっくりであった。そして、困惑しながらも面白そうに千春に謎ときをしてやっている青年は、誰が見ても千春の父親に瓜二つだとるいは思う。父親似であることが、るいには救いであった。それに、麻太郎の実母は、二十年も前に歿っている。

「それはまあ、姉さんの婚家だからね」

　声まで酷似していると、るいは熱心に話し合っている麻太郎と千春をみつめた。血のつながりは切っても切れないとは誰がいい出したことかと思う。

「お光という人に御主人は……」

「いるよ。忠次郎といって、やはり士族だが小学校の先生をしているそうだ」

　実は、その忠次郎という男と藤山洋介の妻の志津は旧幕時代、許嫁であったと麻太郎はやや性急に話した。

「勿論、お志津さんの親はその約束を改めて白紙にして、忠次郎さんとも了解ずみで、お志津さんを不二山商会へ嫁入りさせた。で、その代りというのも可笑《おか》しいが、お志津さんの妹を忠次郎さんの嫁にした」

　それは気分のよい話ではないが、世間によくある例ではあった。

　結果からいえば、双方の夫婦が各々、うまく行けば、なんということもない。

　お吉が遠慮がちに千春を呼びに来て、千春は居間の話に少しばかり気を残しながら立って行った。

その後姿を見送りながら、

「この頃は嘉助もお吉もなにかというと千春を頼りにするのですよ。おかげさまで早々に楽隠居させてもらっています」

るいがさりげなく庭へ目を向けた。

簾戸《すど》越しにむこうの紫陽花が眺められる。

中庭をはさむ客室で、志津は何をしているのか、部屋の障子はぴったり閉ったままであった。

麻太郎がなんとなくその方向へ視線をやった時、低いがしっかりした口調でるいが問うた。

「それで、藤山洋介という人を殺したのは、誰だとお思いなの」

## 五

「全く、るい叔母様には、かぶとを脱ぐよ。なにが楽隠居なものか。こっちは横浜で調べたことも、高山仙蔵先生から聞いた話も洗いざらい喋らされたあげく、下手人は誰かと訊かれて絶句した。千春までが、横浜まで行って犯人の目星はつかないのかと小馬鹿にしやあがった。なんとかしろよ、源太郎君」

築地居留地の中にあるバーンズ診療所の、もはや患者が一人も残っていない待合室で、麻太郎が自棄《やけ》っ八《ぱち》な声を上げ、まあまあと源太郎が人のいい顔で制した。

「我々は横浜から手ぶらで帰って来たわけではありません。見るべきものを見、聞くべきは聞いて来たつもりです。あとはそれらを順序よく並べてみる。真相も下手人も、おのずから浮び上って来るのではないかと考えています」

マギー夫人が大きなお盆に紅茶茶碗を二つとポット、それにサンドウィッチを山盛りにしたのを載せて入って来た。

「二人とも、夜は長いですよ。お腹が減っては知恵も浮ばないでしょう。たっぷりおあがりなさい」

キリストを抱いたマリア様のような笑顔を残して消えた。

紅茶を飲み、サンドウィッチを一切れ食べて、麻太郎がいった。

「藤山洋介は十一時二十二分つまり、横浜駅を終列車が出た時分に人力車で送られて帰宅している。そのまま、自分の部屋へ入って寝たというのは、夫人のお志津さんと妹のお光さんの証言だ。以後、藤山洋介が発見されたのは翌朝、横浜公園、但し、死体だ」

検死の医者の話はいささか頼りないが、被害者の死亡時刻は真夜中の十二時すぎから夜明け前とのことで、これは帰宅時間と死体発見時間から考えて素人でも見当がつく。

「殺されてから運ばれたか、運ばれてから殺されたかだが、巡査の話では、現場にたいした血だまりはなかったと、こいつは高山先生の下僕の富吉がいっていた。その後で富吉は高山先生に命ぜられて横浜公園へ行ってみたが、人が大勢、押しかけていて地面はふみ固められ、なにもわからなかったそうだ」

死体はすでに運び出されて居り、高山仙蔵の下で長年、奉公し、多少、こうした事件の際の心得はあった富吉にしてもお手上げ状態であったのは納得出来る。

「家で殺されたと考えるのが普通かな」

麻太郎がいった。

「深夜に帰宅して、又、すぐ、あんな所へ出かけて行くというのは不自然だよ。家へ帰ってすぐ呼び出しが来たのなら、お志津さんもその妹も、まだ起きていただろう。前もって横浜公園にあの時刻に行くことになっていたとすれば、洋介は帰宅する前に直接、行っている筈だ」

と源太郎が応じ、僅かに眉を寄せた。

「家で殺されたとなると下手人は限定されるな」

奉公人の中に主人に恨みを持つ者がいたとして、

「あの家の構造だと奉公人の寝起きする建物と主人夫婦のほうとは棟が別れている。当然、戸閉りはしてあったろうし、奉公人が何人かで共謀して主人の部屋へ忍び込み、殺害して死体を運び出し、公園まで捨てに行ったというのは、あり得ないとは思わないが、今一つ、そぐわないよ」

源太郎の断定に麻太郎もうなずいた。

親族となると、洋介と同じ建物の中にいたのは、妻の志津、その妹の光。光の夫の忠次郎はすぐ近くではあるが自分の家にいた筈だ。

「動機はある」

麻太郎の言葉に、源太郎が顔を上げた。

「お志津さんは、高山先生の所へかけ込んで亭主を殺したと告白している」

「しかし、あの時は別に殺していなかった。第一、女一人で殺すのはともかく、横浜公園へ運ぶのは無理だ」

「妹夫婦が手助けをしたら……」

お光は泊っていた。

「忠次郎はお光が手引をすれば忍び込める」

その時、ドアが軽く叩かれた。マギー夫人の声が、

「麻太郎、横浜から高山先生のお使《つかい》という人が来ましたよ」

と知らせて、麻太郎は玄関へとび出した。

ランプの灯の中に立っていたのは富吉であった。

「忠次郎さんの死体が、浅間山の石段の下で……」

横浜行の最終列車で、麻太郎と源太郎、それに、たまたま、源太郎の家へ来ていた長助が加って、富吉と四人、深夜の新橋駅を発った。

横浜駅からはそのまま富吉の案内で浅間山へ向う。

浅間山は幕末の開港以来、町作りが進んだ横浜の北側を流れる大岡川の海に一番近い所に架る谷戸橋の上流にある前田橋の正面にあって急勾配の浅間坂には百段の石の階段が一直線に、それこそ天に上るように聳えている。

石段の上、つまり浅間山、山頂からの眺望は素晴しいが百の石段を上るのは女子供にはけっこうきびしくてちょいと気軽に参詣とは行かないようだが、それでも信心深い人は朝に夕に杖を突いても上って行く。

とはいえ、その数は極めて少くて、前田橋のほうから眺める石段の風景は無人の場合が多かった。

しかも、そんな場所で発見された死体が、横浜で屈指の大商人、不二山商会の主人、藤山洋介の未亡人、志津の妹婿とあって世間は仰天した。

不二山商会にとっては当主の他殺体が横浜公園で発見されたあげく、その加害者として妻の志津が連行され、なんとか容疑は晴れたものの、まだ、正式には藤山洋介の葬儀も営めないでいる最中に二度目の不祥事が起ったわけである。

麻太郎達がたどりついた浅間坂下は暗闇の中であった。勿論、忠次郎の死体はとっくに取り片付けられて、そのあたりは野次馬を含めてかなりの人々が押しかけたらしく、土がふみにじられているものの、今は見張り番の巡査の姿もなく、人っ子一人見えない。

「この節のお奉行所、いえ、警察ってところの旦那方はなにを考えてお出でなんでござんすかね。畝の旦那がお働きになってた時分は人殺しの現場なんてもんは一応のお調べがあった後もひと晩くらいは番人を残したもんでございますが……」

と長助がいうように、忠次郎の殺害されたのが宵の口としても、あたりは夜、提灯をいくらふりかざしても探索の範囲は知れている。

加害者の小さな遺留品や犯行の痕跡などを発見するのは翌朝になってからの場合が多いので、そのため、現場には見張番を残す。実際、犯行現場に大事なものを落しなぞしていないかと犯人がのこのこやって来る例もあって、そういった昔の捕物のいろはを熟知している長助なぞにしてみたら、近頃のお上のやり方が歯がゆくもみえるのであろうと麻太郎と源太郎は手提げランプの灯を地面すれすれに届くよう気をくばりながら、そのあたりを見て廻ったがこれというものも発見出来なかった。

で、諦めて引揚げようと声をかけ合っていると目の前の家の戸に灯影がさして、戸が僅かばかり開き、老婆が顔を出した。

「お前様方、そこで何をしてござる」

とがめられて、源太郎が近づいた。

「おさわがせして申しわけない。今夜、ここで人が死んだのをお婆さんは知っていますか」

老婆は別に驚きもしなかった。

「宵の口に、石段から人が落ちた騒ぎなら知っているがね、そこらの男連中が医者の家へかついで行ったが、死んだかどうかは聞いていねえですよ」

もう一人、家の中から若い女が半身をみせた。

「歿ったんですか、あの人」

怯えた声で老婆に訊いている。源太郎が答えた。

「お気の毒ですが、歿られたようですよ」

源太郎の背後から富吉が太鼓判をおした。

「間違いねえですよ。わしの奉公している旦那様の所へお使が来たんですから……」

「あなたさんは、どちらに奉公してなさる」

「高山仙蔵先生だが……」

「そちらは不二山商会とお知り合いで……」

さりげなく、麻太郎が口をはさんだ。

「石段から落ちた人は不二山商会の方でしたか」

老婆が顔色を変えた。

「いや、知らんが、この辺の者がそんなことをいっとったでね」

背後の女をかばうように片袖を上げた。

「お嬢さん、なんということもねえようで、どうぞ、奥へお出でなすって」

若い女が、はっとしたように戸口へ背を向け、口許をおさえるような恰好で素早く姿をかくした。麻太郎が源太郎の袖を引き、二人が頭を下げて背をむけると、待っていたように老婆が戸を閉めた。

「小間物屋のようだね」

歩き出してから麻太郎がささやいた。

「小間物屋にお嬢さんが来ているってことか」

源太郎が店をふりむいた。

店の内は灯が消えたが、店の外見は浅間坂の麓の常夜燈のおかげで、ぼんやりと見える。

小さな店だが、荒れてはいない。店の奥になっている住居のほうはここ一、二年の中に建て増しをしたかのように広かった。

「きれいな女《ひと》だったな。品がよくて、どこか寂しげに見えたよ」

高山家へ向って急ぎながら麻太郎が呟き、すぐ後を長助と並んでついて来ていた富吉が教えた。

「あちらは、たしか元町通りにあった生糸商の唐糸屋のお嬢さんですよ。子供の頃から可愛らしいんで、異人がエンジェルさんなんて呼んだそうでございまして……エンジェルってのは羽の生えた子供で西洋の絵ではえらい神様の傍に描かれているとか。ですが、美人薄命と申すんでございますかね。親御さんが商売に失敗なさって、それもまあ、元はといえば知り合いに頼まれて借金の肩代りをしたのがけちのつきはじめで店は閉める。それこそ、あれよあれよという中に零落《れいらく》しちまったんでございます」

長助が合点した。

「よくある話でございますよ。江戸でも、いや、東京ですか、御一新の時、随分、諸方で似たようなことを聞いたもんで、まあ、世の中、ひっくり返っちまったんですから……」

ちらと源太郎へ目をやって、慌てて口をつぐんだ。

「その唐糸屋だが、主人はどうしたんですか」

訊いたのは麻太郎で、富吉が軽く首を振った。

「歿りましたんで。ちょいと風邪をこじらしたぐらいであの世へ行っちまったのは、多分、御新造さんがむこうへ呼んだんだろうと……」

「御新造も歿ったのか」

「へえ、そいつが首くくりで……」

流石《さすが》に麻太郎が足を止め、源太郎が代って訊ねた。

「いったい、なんで首くくりなんぞ……」

富吉が黙り込み、足を止めたまま動かない麻太郎に気がつくと、重く告げた。

「そいつが……お嬢さんの……春江さんとおっしゃるんですが、そちらが嫁入りする筈の相手を断っちまったのが原因だとか……」

とはいっても、遺書もないので真相は不明だと富吉は唇を結んだ。

麻太郎が歩き出し、低くいった。

「もしかすると、いや、多分、当っていると思う。唐糸屋の春江さんの婚約者は、藤山洋介じゃなかったのかな」

源太郎が、まさか、という表情を見せた。

「なんで、そう思う。いくら、麻太郎君が勘がよくても……」

「根拠はあるよ」

「なんだと……」

「今の春江さんの暮しぶりだ」

生家が破産し、両親は歿った。

「春江さんは一人娘じゃないのか」

麻太郎が念を押し、富吉がうなずいた。

「左様でございます。唐糸屋さんにとってはたった一人の跡継ぎ娘で……」

「源太郎君も見ただろう。小ぎれいな小間物屋をやっていた。その上、実際、働いているのは昔の奉公人、或いは春江さんの乳母じゃなかったかと思えるような人だ。実際の仕入れなどは別の人間がいるのだろう。要するに小間物屋の商売は建前だ。それで春江さんが生計をたてているという世間への体裁だよ。春江さんの暮しを支えているのは或る男からの仕送りだ。勿論、小間物屋のほうもその男の才覚だ」

珍らしく熱弁をふるっている友人を源太郎はあっけにとられてみつめた。

「なんだって、そんなややこしいことをする」

「春江さんの誇りを傷つけないためにきまっているだろうが……」

考えてみろ、と麻太郎はやや声の調子を落した。

「自分が振った男に養われるなんて、唐糸屋のような富商の娘に生まれた春江さんに出来ると思うか」

「ならば仕送りを断って飢え死にでもすりゃあいい」

「男は、そうはさせたくないから死に物狂いになっている」

源太郎が肩をすくめた。

「わたしには、つまらない意地の張り合いにしか見えないが……」

「男と女は厄介なんだ。一つ歯車が食い違うとどうにもならなくなる。誰もが源太郎君と花世さんのようにすんなりとおさまらない」

「わかったようなことをいうんだな」

「君だって、もう、わかりかけているよ。少くとも、藤山洋介と春江さんの立場に納得はしている」

「じゃあ、藤山洋介を殺したのは誰だ」

源太郎が開き直って、おろおろと二人を見守っていた長助が悲鳴を上げた。

「源太郎坊っちゃん、そんなに若先生を追いつめなすっちゃいけません」

麻太郎が笑い出した。

「わたしとしたことが、そいつを考えるのを忘れていた」

## 六

源太郎にとっては父親の代からの忠実なお手先で、深川長寿庵の主人でもある長助と、同じく旧幕時代、奉行所の御用をつとめていた飯倉の仙五郎が、ほぼ自発的に横浜を歩き廻って不二山商会と、殺された主人の藤山洋介についての噂を聞き集めて来た。

その結果、不二山商会はみかけが派手な割には堅実な商売を維持していて、世間がいう以上の資産家であり、とりわけ、番頭の篠崎忠右衛門というのが気骨のある人物で事務能力に長《た》け、不二山商会をこれまでにしたのはひとえに忠右衛門の才覚であるということがわかった。

「世の中は面白いものでございますね。その忠右衛門さんがその昔、奉公していたのが西国のほうのお大名の家老職で岡三郎兵衛とおっしゃるお方でござんして、今は横浜にお住いで、そのお嬢様のお志津さんてお方が不二山商会の御新造さんなんです」

という長助の報告に、麻太郎と源太郎は顔を見合せた。

「すると、不二山商会の番頭は旧幕時代、お志津さんにとっては家来筋に当るんだな」

源太郎が念を押し、仙五郎が目を光らせた。

「お志津さんが不二山商会へ嫁入りしたのも、どうやら忠右衛門の口ききのようでございます」

困窮している主家の娘を時流に乗って繁昌している商家へとりもちした。

長助の話はそれだけではなかった。

「実はその忠右衛門の倅の一人が忠次郎と申しまして小学校で子供を教えているんですが、そいつがお志津さんの妹の亭主になって居りまして……」

ちょっと言葉をためらった長助に代って仙五郎が、

「こいつは不二山商会と取引のある連中の大方が知って居りましたが、忠次郎とお志津さんは幼馴染で、どうやら好き合っていた。昔は身分違いでも御一新後はどうということもねえわけでして、お志津さんの実家の岡様のほうでも当人同士がそのつもりならとお考えになっていたそうですが、たまたま、お志津さんの親御さんがたて続けに大病をなすったりしてお内証が苦しくなる。結局、忠右衛門さんが倅に因果を含めたってことでございましょう」

と気の毒そうにいった。

文明開化の世の中になっても、人間の恩の義理のというしがらみは江戸の頃と変りはしない。むしろ、万事、おおらかで英知をもって融通無碍《ゆうずうむげ》に物事を処理する柔軟さがなくなって、四角四面、理づめで判断するのが正義とされている。

とはいえ、人間のしでかすことには、どこまでが正で、どこからが邪ときめにくいところが少なくて、その判断は人によっても大きく左右するものであった。

お志津と忠次郎が惚れ合って居り、藤山洋介にも春江という意中の女がいた。

それでも藤山洋介はお志津を妻とし、忠次郎はお志津の妹のお光と夫婦になった。

玄関の格子が開いて、花世の声が、

「只今、帰りました」

と聞えて、まっさきに源太郎が立って行き、長助と仙五郎、一足遅れて麻太郎が顔を出した。

「すみません。留守にしていまして……」

神妙に頭を下げて四人の顔触れを眺めた。

「ちょうどよかった。るい叔母様の所で笹巻鮨を作ったのを欲ばって沢山頂いて来てしまったの。これだけあれば晩御飯のお凌ぎになるでしょう」

提げて来た風呂敷包を源太郎に渡し、台所へ茶の仕度に行く。慌てて長助が手伝いに、仙五郎のほうは部屋のすみにたてかけてあった折りたたみの卓袱台《ちゃぶだい》を広げた。

笹巻鮨は熊笹の大きな葉に、酢飯を軽く握って醬油漬にした鮪のそぎ切りや昆布じめにした鯛の小さな切り身、或いは穴子の煮たのを小さく切ったのや、卵焼などと一緒に巻いたもので、この節「かわせみ」では上方から来た板前が、早発ちの客に朝飯代りに持たせたり、行楽の弁当にしたりして評判がよい。

花世はだいぶ前から料理の勉強かたがた、「かわせみ」へ手伝いに行っているので、今日は土産にもらって来たらしい。

車座になって笹巻鮨を食べながら、花世が誰にともなく問うた。

「藤山洋介は、どこで殺されたのですか」

源太郎がなにを今更という顔もしないで、神妙に返事をした。

「そりゃあ家の中の可能性が高い。夜半近くに帰宅して寝室へ入った。だいぶ酔っていたらしいから、その後、家族に見とがめられずに出かけるのは不自然だし……横浜公園で死体が発見された時、現場にたいした血だまりはなかったと巡査がいっている……」

「奉公人に格別、怨まれてもいない。外から忍び込んだ様子もないから、下手人は家族。その夜、家に居たのは、女房のお志津さんとお光さん。二人の中のどちらかか、二人が共謀してか……」

麻太郎が制した。

「わたしの考えでは、この殺人はそれほど計画を練った上でのものではないような気がする。憎しみというか、もし、藤山洋介という人間がぽっくり死んでくれたらといった気持を抱いていた者があったかも知れないが、手を下そうとまでの決心はついていない。当り前の人間は誰かを殺してやりたいと思っても、きっかけがないとなかなか実行は出来ないものではないのかな」

花世が麻太郎をみつめた。

「きっかけが、その夜、たまたま起ったというのはどうですか」

その返事は源太郎がした。

「わたしも麻太郎君もそれを考えている。しかし、わからないんだ」

あの日、藤山洋介は夕方まで不二山商会の店のほうで来客と話をしたり、忠右衛門から帳簿の説明を聞いたりしていたというのは長助の調べでもはっきりしている。夕方から居留地二十番、海岸通りの東の端にあるグランド・ホテルでこの節、頻繁に取引をしているアメリカの商人ウォルシュ・ホールと商談を含めた会食をし、その後、永楽町遊郭へ案内かたがた同行し、自分だけ泊らずに妾宅へ寄って帰宅している。それが十一時二十二分のことであった。

かなり酔って家に戻って来た洋介は家人の介添を受けて早々に寝てしまっているので、その限りでは外でも家でも揉め事は起っていない。

花世が更にいった。

「では、その日、家族の人はどうしていましたか」

仙五郎が花世の前にかしこまった。

「御新造さんのお志津さんはどこにもお出かけなすって居りません。奉公人が口を揃えて申しましたし、番頭の忠右衛門も、御新造さんはめったに外へお出かけにはならねえし、あの日は奥で茶の湯のお稽古をしてなすったと。お光さんのほうは昼飯前に一度、近くの自分の家へ帰ったが、夕飯前には戻って来てその晩も不二山商会へ泊ったってことでございます」

「その晩も、ということは、お光という人はふた晩も不二山商会に泊ったのですか」

仙五郎が苦笑まじりに肯定した。

「近くに所帯を持っていて、なんとも解《げ》せねえ話ですが、不二山商会の奉公人の話では、三日にあげず泊って行くんだそうでして、忠次郎という旦那もあるのに、随分と気儘《きまま》な人だと評判はよくございません」

花世が悪戯《いたずら》っぽい表情で仙五郎の顔色を窺った。

「不二山商会の御主人は女好きなのでしょう。好かない話だけれど、お光に手をつけていやあしませんか」

仙五郎がぼんのくぼに手をやった。

「どうも、花世嬢様はお見通しで……奉公人はみんな気がついて居りましたくらいでして……」

長助が咳ばらいをし、ちょうど空《から》になっていた土瓶を取って台所へ行った。

それを見送って仙五郎がいった。

「やっぱり、御新造が殺《や》ったんでございますかね。だとしたら、無理もねえように思いますが……」

花世が首を振った。

「そうは思いません。夫を殺したら、子供はどうなります。藤山夫婦には子供さんがいるのでしょう」

「へえ。海太郎っていう五つの坊やで……」

母親が理由はあっても、その子の父親を殺すのであった。それを知った時の我が子の気持を思ったら殺せない、と花世は力説した。

「しかし、女はかっとすると何をしでかすかわからないよ」

麻太郎がいってしまったのは、イギリス留学時代に、たまたま、そういう事件があったのを思い出したからであったが、花世に睨まれて慌てて口を閉じた。

その夜の会議はそこまでになった。

「とにかく、お志津さんにしろ、お光さんにしろ、殺人の動機はないとはいえないが、ぴんと来ないな。お光が洋介の本妻になりたいのなら、殺す相手は洋介ではなく姉さんだろう。第一、お光には忠次郎という亭主がいるんだ。いくら色に狂ったってそんな滅茶苦茶を考えるか。おまけに洋介にはその他にも色女が何人もいるんだぞ」

といった源太郎を、花世が、

「だったら、最初っから調べ直しをしなさいな。歿った源太郎さんのお父様がおっしゃっていたでしょう。袋小路に入ってお調べが行きづまったら、事件が起った一番はじめの所へ戻って考えること。何か見逃していることはないか、聞きそこねたか、調べる順序に間違いはなかったか。ふり出しに戻ってやり直しをしてみたらどうですか」

ぴしゃっとやっつけたからである。

## 七

日曜日を待って麻太郎は源太郎、それにどうしても供をするといってきかない長助と仙五郎を伴って横浜へ向った。

長助と仙五郎を一足先に横浜公園へやり、そのあたりで待つようにいったのは、東京から高山仙蔵へ見舞のつもりで持参した手土産を届けるためで、以前、仙蔵が気に入ってよく飲んでいた精養軒特製の清汁《スープ》を広口《ひろくち》の瓶に入れてもらったのと、麻生宗太郎からことづかった良質の蜂蜜であった。

仙蔵は縁側にすわって、今しがた出入りの植木屋が届けて来たという朝顔の鉢の大輪の花を眺めていたが、二人の顔を見ると、

「不二山商会の事件はまだ片がつかんのか。よい加減に埒《らち》をつけぬと殺人鬼は三人目をねらうぞ」

老人らしからぬ大声でいった。

麻太郎がいつものように丁寧に挨拶をし、土産物を披露してから改めて口を切った。

「先生は岡三郎兵衛どのと御昵懇でいらっしゃいますね。いつ頃からのおつき合いですか」

仙蔵が富吉を呼び、朝顔の鉢を片付けさせてから答えた。

「左様、横浜へ移住してから故、十年そこそこかな」

麻太郎を正面から見た。

「なにが訊きたい」

「二人の娘さんのことです」

仙蔵が苦が虫を嚙みつぶしたような顔をした。

「あれは、どちらも岡どのの子ではない。お志津さんは岡どのが西国の某藩の家老職であった頃、ごく親しい友人の娘をもらって養女にしたもの。下のお光は……」

「岡どのの御妻女の連れ子だそうですね」

「誰に聞いた」

「富吉君です」

絶句して仙蔵が次に笑い出した。

「成程、あいつは口の固いのが取り得だが、麻太郎君に対しては別らしいな」

麻太郎は笑わなかった。

「もう一つ、うかがいます。これは富吉君に聞いたのではありません。おそらく、富吉君も知らないと思います。単にわたしが想像しただけです。忠次郎君は岡どののかくし子ではありませんか」

仙蔵の声がきびしくなった。

「何故、そう思った」

「年齢です」

忠次郎が不慮の死を遂げたことで、実年齢が新聞に出たと麻太郎は穏やかに話し出した。

「三十九歳と書かれていました。父親である忠右衛門は五十二歳と長助が戸籍を調べて来ました。十三歳で父親になるというのは例がないとはいえますまいが、少々、珍らしい気がします。忠右衛門が奉公していた岡三郎兵衛どのは五十八歳の筈です。もし、忠次郎が三郎兵衛どのが十九歳の時、若気のいたりで外に作った子と考えると平仄《ひょうそく》は合います」

旧幕時代、主家の若殿が到底、妻には出来ないような女との間に子供を誕生させた場合、若殿付きの家来はその後始末のため、子供をひき取って養育する例がある。それは将来、主君の血筋が絶えそうになった場合に備えてというのが大義名分だが、現実には育てている中に情が移って我が子同様になってしまい、主君の正妻に子が出来、逆に自分のほうに男児がなかったりすると、そのまま、嫡子として家を継がせることもある。

忠右衛門と忠次郎の間も、おそらくそうではないかといった麻太郎に仙蔵は目許をゆるめた。

「お前さんは、お前さんの父親によう似て居るよ。いや、お前さんの叔父さんというべきだがね。若いくせに人間の機微に関して勘がよい」

岡三郎兵衛は養女のお志津を大層、可愛がっていたと仙蔵は話を続けた。

「一つにはお志津さんが利発で、心の優しい、思いやりのある娘であったからだが、岡どのの間違いは奉公に来ていた出戻りの克乃に手をつけてしまったことでな。克乃という女はみかけはおとなしいが、なかなかしたたかで、忽ち、岡どのの女房然として振舞い、実家にあずけてあった娘まで呼び寄せた。それがお光さ。克乃の思惑は連れ子のお光を忠次郎と夫婦にして岡家を乗っ取ることだ。乗っ取るといっても岡家には資産らしいものはない。克乃の欲しいのは士族という身分だ。一方、忠次郎のほうはやはり士族の悴だが、母親の実家が神奈川の大地主で桁外《けたはず》れの数の小作人を使って田畑から莫大な収入を得ている上に、先祖代々の山林まで所有していて、大方を忠次郎が相続することになっていた」

つまり、士族の身分と忠次郎の資産を、なんとしても実の娘のお光のものにしたい。

幸か不幸か、夫の三郎兵衛はそうした事情に全く疎《うと》い。

「玉の輿だと三郎兵衛を喜ばせて、邪魔になるお志津さんを藤山洋介に嫁がせたのも、お志津さんがいては、忠次郎がお光と夫婦になる筈がないからで、三郎兵衛どのもお志津さんも家計が火の車だ、借金だらけでどうにもならないという克乃の言葉にまんまと欺された」

じっと聞いていた源太郎が軽く手を上げて制した。

「すると、忠次郎の養父の忠右衛門はそういった事情をまるで知らなかったんですかね」

仙蔵が目を怒らせた。

「克乃と忠右衛門は一つ穴の狢《むじな》であったのだよ」

源太郎があっと叫び、麻太郎も息を呑んだ。

「あの二人は従兄妹《いとこ》に当るそうだ。そもそもそういったことをわたしに相談に来たのは、お志津さんでね」

あの人は聡明で思慮深い人だと、仙蔵はおよそ仙蔵らしくない詠嘆の口調でいった。

「最初は偶然、海岸通りで忠右衛門と克乃が話をしているところに出会って、克乃は自分の従兄《いとこ》に当ると紹介したそうだ。お志津さんが不二山商会へ嫁いでからは克乃がよく不二山商会へやって来て、どうやら洋介から金を受け取って行くのに気がついて、洋介に問いただすとお前の実家が金に困って取りに来るのだ、とんだ金喰い虫だと嫌味をいわれた。それでお志津さんは手紙を使に持たせて忠次郎を浅間山の権現神社に呼び出して事情を訊くと岡家には自分の給料の他に、自分の母親の遺産から上る収入の大半を渡しているので暮しに困ることはない筈だと答えた」

そこで仙蔵は真剣に耳を傾けている麻太郎と源太郎を等分に眺めた。

「お志津さんの話はそこまでだった。まだ、話したいことがあるように見えたが、やはり口には出せなかったのか、そのまま、帰った。お志津さんが御亭主を殺したとわたしの家へかけ込んで来たのは、その翌日であったのだ」

　思わず麻太郎と源太郎は陽のさしている縁側へ目を向けた。あの日、二人はここに来ていた。二人の目の前で、どれほどの幸せを身につけていても不思議ではない美しい女《ひと》が青ざめ、よろめき、そこに倒れた。

## 八

　高山仙蔵の家を出て麻太郎と源太郎が浅間山へ足をのばしたのは格別の理由があったわけではなかった。

　強いていえば、忠次郎が最後にお志津と会ったのが浅間山だという仙蔵の話が後をひいていたせいであったかも知れない。

　二人にとって浅間山は思い出のある場所でもあった。まだ旧幕時代、麻太郎の実父である神林東吾につれられて横浜見物に来た時、この山に登ったことがある。

「あの時は花世さんが一緒だったね」

　麻太郎が口に出し、同じようにその頃のことを考えていた源太郎が笑った。

「あいつはおてんばで、首くくりをしかけたイギリスの水兵にとびついて枝が折れた」

「ジョンといったっけ、あの水兵……」

「むかしむかしだな」

　その花世と夫婦になっている源太郎が照れくさそうに海を眺める。

浅間山はその頃とあまり変ったようには見えなかった。

相変らず百段の急勾配の石段が威圧するように立ちふさがっている。

その手前に小さな小間物屋があった。若い女が裁縫用の糸を店先に並べていて初老の女が手伝っている。

石段の下で源太郎がぐるりと四方を見廻した。

初老の女がけわしい目で源太郎を睨み、若い女がすっと店の前へ出て来た。

「わたしに、なにか御用ですか」

源太郎が絶句し、麻太郎のほうが気づいた。

「あなたが春江さんですか。唐糸屋の娘さんの……」

「お嬢さん」

と制しかけたのは初老の女であったが、若い女は挑戦的であった。

「わたしが潰れた唐糸屋の娘です。貴方様は……」

麻太郎は丁寧に会釈をした。

「失礼、わたしは神林麻太郎と申します」

「畝源太郎です」

四角ばってお辞儀をした。それを探るようにみつめていて、春江が僅かばかり微笑した。

「ここへ突き落された人のことでお出でになりましたの」

返事に窮した二人へためらいもなくいった。

「忠次郎さんを突き落したのは、忠次郎さんの御新造のように見えましたよ」

あっけにとられた二人へ重ねてつけ加えた。

「わたし、家の出窓の所でランプに灯をつけていました。もう暗くなっていましたけれど家の前で誰かが大声で叫びました。人が落ちたといったようなので、石段の上を見ましたが、なにも見えません。わたし、こうみえても好奇心が強いので裏口から外へ出てみました。うちの裏口は浅間権現の女坂の下なのです。女の人が走って下りて来ました。わたしに気がついて顔を袖でかくすようにして立ち去りましたけれど……お光さんでした」

麻太郎が訊ねた。

「あなたはお光さんの顔を知っていたのですか」

春江は表情も変えなかった。

「わたしは不二山商会へ嫁入りする筈だった女です。洋介さんの女房になった人の妹の顔ぐらい見てやろうと思えばいつでも見られます。それに、洋介さんがわたしの家へ来ていると、必ず、お光さんが家の周囲をこれみよがしにうろうろするんですよ。勿論、洋介さんの後を尾《つ》けて来たのに決っていますけど」

「なんでお光さんが尾けて来るんです」

と訊いた源太郎を春江は軽蔑し切った口調で言葉を叩きつけた。

「決っているでしょう。やきもちですよ。馬鹿じゃないですか。わたしが洋介さんの妾なら、自分だって妾、姉さんの御主人を盗んだ恥知らずのくせに……」

唇を血が出るほどに嚙みしめると、いきなり小間物屋の店の奥へかけ込んで行った。

麻太郎と源太郎が高山仙蔵の家へ戻って来て報告するのを、一言も口をはさまずに聞いて仙蔵は正直に嬉しそうな顔をした。

「ま、わしの頭も思ったより老耄《おいぼれ》ては居らんな」

なにもかも推量通りとはいえないが、

「忠次郎を殺したのがお光だとすると、これで少くともお志津さんの嫌疑は消える。警察は証拠不充分とお志津さんが士族の娘ということで洋介殺しの下手人にするには、いささか腰がひけていた。とはいえ、疑いが晴れたわけではない」

けれども、ここまで話がはっきりすれば、後は警察がお光を取り調べれば万事が明らかになる、といわれて源太郎が首をかしげた。

「先生は洋介殺しの下手人を誰とお考えですか」

仙蔵があきれたように源太郎を眺めた。

「きまっとるじゃろうが、お光だよ」

「なんで、お光を……」

といいかけた源太郎を麻太郎が止めた。

「藤山洋介はお志津さんが離婚を申し出たのに対して承知したのでしょうね。同時に自分も身軽になって或る女性と改めて夫婦になろうとした。勿論、海太郎坊やをどちらが育てるかなどの問題はあったでしょうが、なんにしてもお志津さんは実家へ戻り、将来、意中の人というか、本来、女房になる筈であった相手と再婚する目安が立った。それというのも、こともあろうに、女房の妹にまで手をつけた洋介にしてみれば、お志津さんが錯乱して、夫を殺したなぞとしてもいないことを口走ったのを知って流石《さすが》に良心がとがめたのでしょう」

改めて夫婦で話し合って、洋介は本心を志津に打ちあける。要するに昔からの恋人である春江と正式に夫婦になる決心で、一方、志津も忠次郎との未来を夢みた。

その忠次郎にはお光という妻があるが、お光は姉の夫の洋介と間違いを犯している。どちらも遊びのつもりだが、お光の夫の忠次郎にしてみれば男の面目丸潰れではあるし、離婚の理由が立派に立つ。

源太郎が力のない声でいった。

「お光が、気がついたってことだな」

「お志津さんも忠次郎も芝居が達者なほうではない。一人は一緒に暮している亭主だし、もう一人は始終、顔を合せている血のつながりはないが義理の姉だ。余程、鈍感でもない限り、わかるだろうな」

仙蔵がどこかこの事件に同情的になりかけている二人にきびしくいった。

「如何なる理由があろうとも殺人は罪だ。罪を犯した者は法の裁きを受けねばならない。大体、世の中、自分の思い通りになんぞなるものじゃないんだ。思い通りにならんからといって人を殺す。そんな奴に同情の余地はない」

二人が同時に、はい、と答え、高山仙蔵は筆をとって、横浜警察署に勤務している旧友にあてて手紙を書きはじめた。

警察の取調べに対して、お光はあっさり罪を認め、藤山洋介と忠次郎の殺害について詳細を語った。

高山仙蔵は行きがかりもあって、お光の裁判にも何度か出かけて行ったが、法廷でのお光は泣いてばかりいる上に、裁判官からの質問に対して、自分は悪くない、まわりの者はみな幸せなのに、どうして自分ばかりが不幸せになるのかと食ってかかったりするので、周囲の心証はよろしくないようであった。

判決が出たのは、その年の秋の終りで、夫と、義理にもせよ姉婿に当る人を殺害しているので死罪となる所を、格別の慈悲とやらで終身刑がいい渡された。

また、お光の自白によって、洋介の死体を人力車に乗せて横浜公園へ運んだ忠右衛門が共犯として刑に服した。

その日、横浜はこの上もない秋日和であった。

高山仙蔵からの知らせで横浜へ来て裁判を傍聴した麻太郎と源太郎は、仙蔵を自宅へ送ると、その足で港へやって来た。

海はすでに冬の気配であった。

象の鼻と俗に呼ばれる突堤のむこうには蒸気船が二隻、碇《いかり》を下している。

鷗が数羽飛び交うのを暫く眺めて、二人はやがて港に背を向けて歩き出した。

# 抱卵《ほうらん》の子《こ》

## 一

雨になったのは昼過ぎからであった。

それも、盥《たらい》の水をぶちまいたような激しい降り方で、大川端の「かわせみ」の店の前はちょっとした流れのようになった。

「この上の工事のせいですよ。自然に大川へ落ちるようになっている所をいじくり廻して埋立地を造ろうなんて、この節のお上のやることはどうかしてます。長年、住んでる者の意見ぐらい聞いて廻ったらよさそうなものだのに」

老番頭の嘉助と一緒になって暖簾口から外を眺めてまくし立てていたお吉の声が急に変った。

「おやまあ、若先生。千春嬢さま、いったいぜんたい……」

千春を背負って、びしょぬれの恰好で近づいた麻太郎が走り出ようとするお吉を制した。

「いいから、足を拭くものを用意して……」

背後をふりむいて、別にいった。

「足許に気をつけてくれ。ここはけっこう水が深くなっているみたいだ」

番傘を広げて麻太郎にかけ寄って来た嘉助にいった。

「千春が水に足を取られてころんだんだ。こちらの方が助けて下さってね」

わあっとひとかたまりになった感じで一行が「かわせみ」へかけ込み、一足遅れて、麻太郎とほぼ同年輩といった感じの若者が千春の下駄と風呂敷包、それに、そちらは自分のものであろう大きな信玄袋を両手に提げて暖簾をくぐった。

さわぎを聞きつけて居間から出て来たるいが、てきぱきと指図をして女中達が手拭を何枚も持って来て濡れた人々の衣服を拭いたり、汚れた足を洗ったりしたあげく、そのまま辞去しようとした若者はなかば強引に座敷にひき上げられ、ぐしょ濡れの衣類をはぎ取られて、麻太郎に、

「失礼だが、わたしのなのだ。ちゃんと洗濯もしてあるし、とりあえず着て下さい」

お吉の持って来た絣《かすり》の着物をさし出され、当惑しつつも袖を通した。

往診の途中であった麻太郎があとをるいに頼んで立ち去り、若者はそれから居間に案内された。

「娘がお助け頂きましたそうで本当に有難うございました。どのようにお礼を申し上げてよいやら、この通りでございます」

丁寧に両手を突いて頭を下げるるいに並んで、すでに着替えを終えていた千春が恥かしそうにお辞儀をする。

早速、茶菓子が運ばれ、「かわせみ」の台所では酒の仕度をはじめていたが、若者は、るいから名を訊かれて、

「立花久太郎と申します」

とだけ答えたが、なにせ聞き上手が揃っている「かわせみ」の面々だけに、忽《たちま》ち、今の住所は千葉の袖ヶ浦の近くで、そこは乳母の家で、生まれたのは東京、生家は室町の薬種問屋、中里屋であったが安政の大地震の時に倒壊し、なんとか仮普請で再開しようとしたものの、三年後の安政五年二月十日の大火事で焼失し、その折、逃げ遅れた主人夫婦、つまり、久太郎の祖父母も歿《なくな》ったことまで喋らされてしまった。

「私は安政の地震の折、乳母に抱かれて逃げまして、そのまま、袖ヶ浦で育ちました」

地震の後、乳母の弟が室町まで様子を見に行って久太郎の両親に会い、久太郎の無事を告げたが、

「その当時、両親はまだ仮住いで、店が再興するまで手前をあずかってもらいたいと申したそうで、結局、親の許へ帰ることもないままに、今日に及んでしまいました」

という。

「それじゃあ、親御さんは貴方が袖ヶ浦のお乳母さんの所にいらっしゃるのを御存じなわけで、お文などは来ていたのでございますか」

と訊いたのは嘉助で、こういう話になるとどうしても昔むかしの町奉行所時代、定廻り同心の小者として鳴らしていた頃の癖が出て、必ず、相手の話の裏を確かめる口調になる。

久太郎がうなずいた。

「確かに二通ばかり、乳母が大事に取っておいてくれまして、それが今では唯一の父の形見になって居ります」

懐中から手拭や財布と一緒に取り出したのは油紙に丁寧にくるんだ封書で巻紙の文字は薄れ、紙も黄ばんでいる。

「どうぞ、ごらんになって下さいまし」

といわれて嘉助がるいに渡し、二人でざっと目を通した。

どちらも、久太郎が世話になっている礼と、今のところ店の建て直しでせい一杯であることと自分の体調が思わしくないと訴え、暫く久太郎をあずかってもらいたい旨を頼んでいる。

二通はどちらも安政五年の大火前に書かれたものであった。

「この後に、お文は……」

るいの問に久太郎は首を振った。

「ございません。それで、乳母は心配して再び弟を室町へやってくれたのですが、店の跡は更地になっていて、近所でいくら訊ねても両親の消息はわからず、生死の程も知れなかったと……」

結局、消息不明で歳月が過ぎた。

「それで、貴方はお乳母さんの所でお育ちになりましたのね」

かすかな嘆息と共に、るいがいい、久太郎は微笑んで見せた。

「乳母が、それはよくしてくれました。もともと、わたしは赤ん坊の時から乳母の懐で育ちました。乳母が母のようなものでした。乳母がいなければ今日のわたしはありません」

それでも、と僅かにためらってから続けた。

「生みの母に会いたいという気持は物心ついて以来、少しずつ、大きくなりました。自分を産んでくれた人はどんな人なのか。生きているのなら、どこでどうしているのか。乳母をないがしろにするつもりは全くありません。ただ、本当の母が恋しい。会えるものなら会いたい。それで、東京へ出て来ました」

別に東京にあてがあるわけではないが、室町あたりを訊ね歩けば、ひょっとして中里屋を憶えている人もあるかも知れず、江戸が東京となって、かえって昔の場所へ戻って商売をしている人も居るのではないかと久太郎は熱心にいった。

「乳母の弟が訪ねたのは安政五年の大火の後です。それから二十年近くにもなって世の中が落ついた今のほうが、かえってわかりやすいのではありませんか」

それはそうかも知れないと「かわせみ」の誰もが合点した。

御一新当初、東征軍が江戸へ入ったら、諸方に火をかけて江戸の町を焼き払うのではないかとか、江戸が戦場になると予想して、慌しく逃げ出した者は少くない。

新政府になって、漸《ようや》くそれらの人々が東京と名の変った町々へ戻って来て商売を再開し、室町、日本橋界隈から銀座、新橋と、かつての本町通りはめざましい発展を遂げていた。

ずらりと軒を並べた商店の中には御一新後に新しく出来たものもあるが、江戸時代からの老舗が面目を一新してというのが目立つ。

店がまえが新しくなっても、そこで働いている人々は昔ながらの顔触れが多い。

「それは貴方のおっしゃる通りです。及ばずながら私どもでも少々の知り合いに聞いてみましょう」

という話になって、久太郎は改めて礼をいい、自分の両親について正確に説明した。

それによると、室町の薬種問屋、中里屋というのが母親の生家で、久太郎の祖父の名は久右衛門、祖母がおたつ、その一人娘で久太郎の母親に当るのがお菊。また、お菊の夫で久太郎の父親は安之助といい、四日市町の青物問屋、立花屋の次男であったと聞いているといった。

「それだけ、はっきりしているのなら、なんとか手がかりがつかめるかも知れません。長助親分に手伝ってもらって調べてもらいましょう」

と、るいがいって、どっちみち東京で宿を取るつもりであった久太郎はそのまま、「かわせみ」に滞在することになった。

## 二

流石《さすが》に江戸の頃、名岡っ引として五本の指に数えられていた長助の動きは早かった。

かつて自分の下で働いていた下っ引連中を使って自分自身も走り廻り、室町の薬種問屋であった中里屋と四日市町にあった立花屋について調べ上げて来たものの、その結果はあまり芳《かんば》しいものとはいえなかった。

すでに久太郎がみて来たというように、中里屋のほうは倉庫と事務所になっていて、名義人は日本人だが、実際に使っているのは築地居留地に住む清国人の阮朝封という貿易商であったたし、四日市町の立花屋のあった土地はもともと立花屋が地主から借りていたもので、現在、その場所で水菓子屋をやっているのは紀州から来たという蜜柑《みかん》業者で立花屋とはなんの関係もない。

その日、るいが思い切って築地居留地に神林麻太郎を訪ねたのは、長助の報告を聞いて以来、立花久太郎が鬱々として食も進まず、部屋に閉じこもりがちになってしまった故であった。

麻太郎はちょうど外来の患者を送り出したところで、すでに午後三時をすぎて、本来ならば土曜は午後休診の建前なのに、例によって時間なんぞおかまいなしにやって来る患者の診療に当っていたことでもあり、すぐに、バーンズ先生の許しを取って、るいと共に外へ出た。

その麻太郎がるいを案内したのは、それほど遠くない采女《うねめ》町の精養軒で、ここは外国人向きのホテルとして十二の客室があるが、ダイニング・ルームは宿泊客以外にも利用出来るし、イギリス人好みに午後のお茶の時間に紅茶や洋菓子を用意している。

入口で麻太郎が、

「こんな所でいいですか」

と訊いたのに対して、るいは小娘のような表情になった。

「一度、入ってみたかったのですよ。花世さんからお話はよく聞いていましたけれど……」

「それはよかった」

店内は比較的、すいていた。

るいの意向を訊いて、紅茶と洋菓子を註文する。もっとも、紅茶にせよ、洋菓子にせよ、日頃

「かわせみ」へ麻太郎が手土産に持って行くので、それらがけっこう、るいの口に合うらしいのを麻太郎は承知していた。

向い合った麻太郎に対して、るいは立花久太郎について要領よく話し、麻太郎は注意深く耳をすませ、時折、るいが話しやすいように適当な質問をする。

途中からるいは考えていた。この話しやすさはなんの故であろうかと思う。ずっと昔から、自分は胸に余ることがあると必ず、誰かに、今のように訴えていた。その人に話し、聞いてもらっている中《うち》に、胸の中の混沌としたものが、霧が晴れるように消えて行く。そして、目の前にいる麻太郎はその人と同じように穏やかなまなざしを自分に注ぎ、正確に自分の気持を受け止めてくれている。

るいが安心してすべてを話し終えた時、麻太郎が口を開いた。

「長助の調査は行き届いていると思います。まず手ぬかりはないと思っていいでしょう。ただ一人、長助には聞き取りに行きにくい人物がいます。るい叔母様のお話に出て来た居留地に住む清国人、阮朝封のことです」

るいが思わず体を乗り出すようにして合点した。

「おっしゃる通りです。ただ、そちらは外国の方ですし、お訊ねしても無駄のような気も致しますけれど……」

「わたしが調べてみましょう。居留地の中に住んでいる清国人は病気になると大抵が漢方薬によって治そうとします。それで治るものもありますが、病気によっては難かしい場合があるのです。

幸い、わたしはバーンズ先生の診療所で働いていることもあり、清国人の患者を診たこともあれば、往診に出かけるのも少くはありません。何人か知己も出来ていますので、その筋から探ってみましょう」

なんにしても、一両日、時間を下さいといい、やがて麻太郎は人力車を頼み、るいを乗せ、その姿がみえなくなるまで見送って、自分はバーンズ診療所へ戻らず、まっすぐに居留地の雑居地域に向った。

築地居留地の中で、清国人は入船町、新栄町、新富町あたりにかたまって住んでいる。

横浜の居留地でもそうであったが、日本に居住する清国人の多くは理髪店か仕立職、或《あ》いは調理師を職業としている。勿論、その他にも雑貨商や塗師、造靴業もあるし、もっとも多いのは居留地のアメリカ、イギリス、ドイツ、フランス、スイス、ポルトガルなど欧米人の家庭に雇用されて働いている者達であった。それらは住み込みもあるが、大方は清国人居住地に小さな家を持ち、通いで働いている。

麻太郎がめざしたのは入船町の陳鳳の家であった。

イギリスから帰国して、バーンズ先生の診療所で働くことになって間もなく、麻太郎は居留地で起った事件がきっかけで入船町に住む陳鳳と知り合った。

どちらかというと小柄で痩せぎすな老人だが、かなりの職人を使って洋服の仕立屋をしていて、雑居地域に住む清国人の中では古顔であり、統率力もあって、清国人仲間では尊敬されている。

麻太郎がこの雑居地域へ往診に来たり、ここに住む清国人がおそるおそるといった恰好ながら、

バーンズ診療所へ病気を診てもらいに来るようになったのは、陳鳳のせいで、それも、麻太郎から、

「病気によっては命取りになることもある。これはおかしいと思ったら、わたしに使《つかい》を出すか、病人を連れて来るか、その容態に合せて善処することだ。大体、病気にかかったら、治療は早いほど良い。遠慮は無用、金の心配なぞするな。人の命が金で買えるか」

といわれて以来のことである。

麻太郎の訪れを知らされると陳鳳は店の奥からとび出して来た。

店先での立ち話でおおよそを打ちあけ、阮朝封に会いたいのだが、と麻太郎がいうと、そのまま店を出て来た。

少しばかり行った所に小さな空地があって子供達の遊び場になっているらしいが、夕暮時のせいか、誰も居ない。

阮朝封の家は空地の裏側だと陳はいった。

「むこうへ御案内してもいいように思いますが、若先生のお話を聞いて、どうも公けにしては具合の悪いような気がしますんで、わしだけが行って、場合によっては阮さんにこっちへ来てもらおうかと思います。すみませんが、少々、ここで待って下さい」

以前よりずっと達者になった日本語で説明して急ぎ足で空地を横切って行く。

西の空は、もう陽が沈んで残光が消え残っている。仰げば、星が二つ、三つ、夜の帳《とばり》はすみやかに下りて来るようである。

麻太郎が目を地上に戻したのは、慌しく足音が戻って来たからであった。それほどの距離でもないのに、陳鳳は呼吸を乱し、荒い息を吐いていた。

「大変だよ、若先生」

逆上のせいか、陳の言葉が清国なまりになっていた。

「阮さん、死んだ。殺されただよ」

麻太郎が先に走った。

阮朝封の家は、戸口が開けっぱなしになっている。陳鳳が驚きの余り、閉めないで戻って来たからで、入口は西洋風の扉だが、入った所は土間、正面に赤い布が下っていて奥は見えない。

おろおろとついて来た陳鳳が指をさし、麻太郎は赤い布をめくった。

板敷の部屋で清国風の家具が配置されている。椅子が一つころげていた。円い卓の上には茶碗が二つ、その一つはひっくり返って茶がこぼれていた。

阮朝封の死体は円卓の脚に寄りかかるような恰好であった。両足を投げ出し、首はがっくりと前へ垂れている。麻太郎が診たところ、撲られたり刺されたりした様子はないがすでに脈は停止し、体には死後硬直が始まりかけていた。

「この家には、家族とか、奉公人はいないのか」

茫然と突っ立っている陳鳳に訊いたが無言で首を振るばかりである。

戸口に小さな足音がして、麻太郎がふりむくと若い女がおっかなびっくりといった様子で立ちすくんでいる。

縞の着物に友禅の半幅帯、結い上げた髪は油っ気がなく、髪飾りがなにもない。

麻太郎と視線が合うと慄《ふる》え声で、

「あの……なにかあったので……」

と問うた。陳鳳が黙っているので、麻太郎が返事をした。

「わたしはこの家の主人に話があって訪ねて来たのだが、あんたはここの人か」

その時、戸口の女を押しのけるようにして、もう一人、女が顔を出した。麻太郎をみると恐れ気もなく土間へ一足踏み込んだ。

女は洋装であった。黒い天鵞絨《ビロード》の服は衿許や袖口、裾廻りに紫色のサテンのふち取りがしてある。前衿から裾まで縦に一列、金の釦《ボタン》がついているのが華やかであった。短靴の踵《かかと》はかなり高いが、それを除いても女にしては上背がある。容貌は大輪の花を連想させた。

女が麻太郎を無視して家の中を見廻し、いきなり赤い布に近づいてそれをめくった。

流石に目を見張るようにしたが、叫び声はあげなかった。それどころか、まじまじと死体を眺めている。

「奥様……」

最初に戸口をのぞいた女が、かすれた声で呼びかけた。

「誰か……人を呼んで参ります……」

「待ちなさい」

威圧するような調子であった。

お供の女中らしいのを制しておいて、麻太郎へいった。

「あなたが殺したのではなさそうね」

麻太郎は表情を変えなかった。

「わたしが殺したように見えますか」

死体がころがっているような状況で相手の女が笑った。

「あなたが最初の発見者なの」

「それはわかりませんが、少くとも我々がここへ来た時、あの状態でした」

女がもう一度、死体へ視線を戻した。

「まあ、いつ、誰に殺されても仕方のない人間でしたからね」

急に背をむけて入口へ向かいかけた。

「お待ちなさい」

呼びかけた麻太郎の声がきびしかったせいか、女が足を止めた。

「失礼ですが、ここへ訪ねて来られた理由をお聞かせ下さい。それと、お差支えなければ御名前をうかがいたい」

女が麻太郎の前まで戻って来た。口を開けば相手の息がかかりそうな近さに立っていった。

「無礼な方ね。人に名を訊く時は、まず自分から名乗りなさい」

麻太郎が破顔した。

「仰せの通りでした。わたしは神林麻太郎と申します。築地居留地の中にあるバーンズ診療所で医者として働いています」

相手が目許を笑わせた。

「大山政子、番町に住んで居りまして仕事は金融業とでも申しましょうか」

少々、唖然として麻太郎は訊き直した。

「御主人が……」

「いいえ、私の仕事が、平ったく申しますと金貸しでございます」

黙っている麻太郎に念を押すようにつけ加えた。

「女の金貸しはお気に入りませんか」

辛うじて麻太郎は陣容をたて直した。

「そのようなことはありませんが……」

「でも、驚いていらっしゃる」

「意外ではありましたが……」

旧幕時代の札差のようなものかと思った。

札差はもともと、米で受け取る直参の武士の給料を、当人に代って米を売り、その代金を手数料を取った上で渡す稼業だが、長い泰平の時代、物価が上っても武士の俸禄は変らず、困窮した結果、何年も先までの禄米を担保にして札差から借金をする者が多くなった。その結果、積りに積った借金の返済に窮して娘はおろか、妻までが内々で妾になったり、苦界へ身を落したりする例が出た。

新政府の時代になって、武士は士族と名を変えたが、生活に困窮している者は少くない。それにしても、女の金貸しというのは聞いたことがなかった。せいぜい知っているのはその日暮しの貧乏人を相手に小銭を貸している婆さんの話ぐらいのものである。

大山政子と名乗った女は、そんな麻太郎の様子を眺めて、余裕のある声で続けた。

「神林様のお訊ねにお答え申します。ここへ来たのは、貸したお金の取り立てのため。でも死体になっていたのではどうしようもありません。とんだ無駄足になってしまいました」

では、お先に、と頭を下げて女中をうながし、悠々と立ち去って行く大山政子の後姿を、麻太郎は声もなく見送った。

# 三

旧幕時代からそのまま残されている自身番へ麻太郎が知らせ、洋風のマンテルと呼ぶ上着に棒を持った番人が現場へかけつけて阮朝封の死体を見たが、

「巡査の旦那を呼んで来ます」

逃げるように出て行った。

黒い制服に三尺(約九十センチ)の棍棒を手にした巡査がやって来たのは、気が遠くなるほど待たされて後である。

麻太郎はその間に近くの店の主人に頼み、その店の小僧を使に出して畝源太郎を呼んだ。使の小僧と一緒に源太郎がかけつけて来たのは巡査よりも早くて、阮朝封の死体を調べ、麻太

郎の説明を聞く充分な時間があった。

あらかじめ予想していたことだが、巡査は最初から腰がひけていた。

死体の検《あらた》め方も杜撰《ずさん》で、被害者が雑居地域に住む清国人、殺害された場所も居留地の中という理由もあって自分達の管轄外であるといい、早々にひきあげてしまった。

結局、阮朝封の死体の検案をしたのは麻太郎で、その後は陳鳳が中心になり、雑居地域に住む清国人達が清国風のやり方で阮朝封の葬式を行った。

それというのも、阮朝封には妻子がなく、日本にはこれといった縁者も住んでいなかった故である。

「あいつは、わたしと同じ広州の出身ですよ。若い時分に仲間と一緒に日本へ来て長崎の清国人の所で働いていたそうですが、目先のきく奴で少々の金を貯め、御一新後は東京へ出て来て、まがりなりにも自分の店を持ったのですよ」

店といっても使用人を一人おくだけ、仕入れから販売まで自分がなにもかもやっている、貿易商とは名ばかりの小商いであったのが、何故かこのところ金廻りがよくなっていた。

「当人はいい取引先が出来たといっていましたが、誰も信じたわけではありません。眉唾話だとかげぐちを叩いていたのです」

なによりも、いい取引先がどこの誰かを、一人だけの使用人にも話さず、雑居地域の仲間にも打ちあけていない。

「ひょっとすると、危い橋を渡っているのでは、と噂になっていたくらいですよ」

そのあげく殺害されたのであるから、これは何かあると陳鳳が断言し、麻太郎も源太郎も同じ意見であった。

「清国人仲間というのは、我々から見ると独特の気質があるようなのです」

日曜日に午前中からバーンズ診療所へやって来た畝源太郎が、休診日で誰もいない患者用の待合室で麻太郎に話した。

「例えば一人の清国人が外国へ働きに行っていて成功すると、その周辺で働いていた清国人達がこぞってそれを応援する。その結果、成功者はどんどん金持になり、その国で地位を高める。諸方に顔がきくようになり、役人や富裕層に知り合いが増える。そうやって一人の成功者をとことん押し上げると、今度はその力を利用して自分達もそこそこにのし上って行くというのですよ」

日本人だと仲間の誰かが頭角を現わすと、それを妬んで足をひっぱる連中が出て来て、下手をすると共倒れになるものだが、清国人にはそれがないようだと、源太郎は誰に聞いたのか、盛んに力説する。

野辺送りがすみ、阮朝封の遺体は雑居地域のはずれにある空地を利用した墓地に仮埋葬されたが下手人に関してはどうやら不明のまま片付けられそうな気配であった。

なにしろ、居留地の中は治外法権であるし、仮にそこで犯罪が行われても、新設されてまだ三年そこそこの東京警視庁は東京の治安を守り、軽犯罪を取り締まるだけでも手が廻りかねる状態にあった。

清国人が居住する雑居地域で一人の清国人が不審死を遂げたというのは新聞のニュースにもな

らなかった。

で、この事件の探索に乗り出したのは神林麻太郎と畝源太郎の二人だけとなった。

「もしかすると、阮朝封が殺されたのは、わたし達が立花久太郎君の母親の行方を調べはじめたせいではないだろうか」

といい出したのは麻太郎で、安政の大地震の際、乳母に抱かれて逃げた立花久太郎が約二十年の歳月を経て、実母探しに東京へ出て、もはや跡形もなくなった室町の中里屋について古くからの地主や附近の住民に訊いて廻ったのがきっかけではないかと考えている。

「それは少し無理ではないかな」

と懐疑的なのは源太郎で、

「たしかに、中里屋の跡地に事務所と倉庫を建てたのは阮という清国人の貿易商だが、もともと、あそこの土地は旧幕時代から西村というあの辺りの大地主が持っていたもので、中里屋も代々、そこから地代を払って借りていたんだ。中里屋が潰れて一家が離散した後、西村が知人の紹介で阮朝封に貸したのだろう。ならば、中里屋と阮朝封とはなんのかかわり合いもない筈じゃないか」

麻太郎がどこか遠い所を見るようなまなざしをした。

「源太郎君のいう通りだと思う。長助がいうように、地主の西村という人ですら、中里家の人々がどうなったのか、地震に続く大火の後、果して生き残った者があるのかどうかすら知らないんだ。ということはこの二十年間、中里家の者が地主の所に挨拶に行っていないわけだろう」

普通なら少々、落ついてからにせよ、地主の所へ誰かが顔出しをするものだと麻太郎はいった。

「たとえば、ひどく零落して恥かしいとか」

源太郎の言葉を麻太郎が遮った。

「考えてごらんよ。世の中がひっくり返りかけていた時代だよ。見栄を張る必要なんぞなかったんじゃないか」

主人が商売にしくじっての倒産なら世間体も悪かろうが、大地震、大火災に見舞われてのことであれば同情はされても非難されるいわれはない。

「中里家の人が残らず歿ったというのか」

「そうだなあ……」

「もし、そうなら、立花久太郎君が探している母親もあの世の人だろう」

途方に暮れたような源太郎の調子に麻太郎が、うなずいた。

「その可能性もあるが……」

源太郎が懐中から手帳を出しながら、それを見るまでもなく諳《そら》んじていた名前を口にした。

「お母さんの名はお菊さん。菊の花の菊だ。父親のほうは立花屋の次男で安之助、この人は安政五年の大火の後に病死したという噂もあるが真偽のほどはわからない」

なんにしても、はっきりしているのは、久太郎が乳母と共に袖ヶ浦へ逃げた安政の地震の後、なにかの理由で父母の生家はどちらもそれ以前の場所から姿を消し、家族の行方もわからなくなってしまったという事実であった。

「なにしろ、昔のことだからね」

源太郎が呟き、麻太郎も記憶の底に眠っていた当時のことを思い出していた。

「大きな地震だったのは憶えているが、八丁堀の組屋敷では家が潰れたというのは聞かなかったような気がするよ」

屋根瓦が落ちたり、塀や垣根が倒れた。

「わたしは母上と庭へ出たんだ。母上が御自分の体でわたしを押し包むようにして守って下さった」

麻太郎がいい、源太郎もいった。

「わたしは母上と、母上の実家へ行っていたのです。母上が八丁堀の屋敷が心配だとおっしゃって、番頭がついて、わたしと三人、外へ出たのですがね。どこもかしこも逃げ出す人だらけ、大八車をひき出した奴もいて通れたものじゃありませんでした。八丁堀へたどりついた時は三人共、顔はまっ黒、着物は焼けこげているし、あんな思いは二度としたくありませんね」

僅かの間、子供の頃に戻ったような気分の二人を驚かせたのはマギー夫人の声であった。

「麻太郎、大変なことが起きました。今、正吉が来ています」

「かわせみ」の番頭をしている正吉はバーンズ診療所の玄関でたまき夫人の介抱を受けていたが、二階からかけ下りて来た麻太郎をみると、たまき夫人の手をふり払うようにして叫んだ。

「若先生、千春嬢さんが、さらわれました」

手にした封書を突き出した。

巻き紙にやや筆太な文字が、

　千春どのをあずかった
　面談致したき旨あり
　今夜三更
　九段坂上、騎射馬場にて
　見参申す

と五行にしたためられている。

宛名は、神林麻太郎どの、差出人の名前はなかった。

## 四

千春を人質に取って、麻太郎を呼び出す内容の手紙について、それを持って来た正吉は麻太郎の顔を見て、やや落つき、問われるままに、必死で答えた。

「そいつを渡されたのは、手前が店の前に水を撒いて居ります時で……」

「かわせみ」では朝とは別に夕暮になる少し前に、もう一度、入口の内外の清掃をする。やがて到着する客に対する心くばりで、店の内側は女中達の仕事だが、外は長年、大番頭の嘉助が目を光らせていた。

それを今は正吉が受け継いで、自ら玄関外に箒目を入れ、晴天の日であれば水を打つ。

「若い女が近づいて参りまして、神林麻太郎は御在宅かと訊ねます。それで、若先生は居留地の中の診療所にお住いだと申しますと、ひどく困った顔になり、手紙を届けに来たと申しました」

正吉にとって築地居留地といえば、千春嬢さんの兄上の住む場所であり、別になんということもないが、一般の人には異人の住む所であり、入口には大きな門があり番所がみえる先に西洋館の建ち並ぶ一角はいささか剣呑《けんのん》に思えるというのは、正吉にもよくわかる。

「若先生なら、よく存じ上げていますから、手前がおあずかりして、すぐ、お届け申しましょうか、といいますと、大切なお文なので間違いなくと念を押されまして。娘さんの年齢は十七、八、縞の着物に木綿の花柄の帯、富裕な商家の女中さんか小間使さんといった感じでございました」

「かわせみ」の番頭を勤めている正吉の目は行き届いている。

「実を申しますと、その女中の様子からは、このような怖しい内容の手紙を届けに来たとは到底、思えませんでした」

手紙の内身《なかみ》がわかっていたら、取っつかまえて、千春嬢さんの居所を白状させたものをと正吉は青ざめ、歯を嚙みしめている。

「正吉君」

気を取り直して、麻太郎が訊いた。

「この手紙のことだが、るい叔母様は御存じなのか」

正吉がかぶりを振った。

「いいえ、今日は早くから方月館へお出かけになりましたので……」

それで麻太郎は思い出した。

「わたしとしたことが……、今日は宗二郎先生のお祝の日だったね」

狸穴《まみあな》の方月館診療所の当主である麻生宗太郎には、宗二郎と宗三郎と二人の弟がある。二人共、医者で宗三郎は兄を助けて方月館診療所で働いている。宗二郎はイギリス留学から帰国して東京開成学校で教鞭を取っていたが、開成学校が東京医学校と合併して東京大学となったので、そのまま東京大学医学部の教授に任命された。で、友人知人が最近、方月館の近くに出来た「春秋苑」という料理屋で一席設けることになり、招かれて、るいが出席するというのは麻太郎も承知していた。

もっとも、るいの場合、宗太郎から、

「どうも、我々兄弟は男ばかりで、こういった祝宴に客を招くのに万事、不馴れです。申しわけないが、おるいさんに裏方の指図をして頂きたい」

と依頼されてのことで、お供には女中頭のお吉と嘉助がついて行った。

とすれば「かわせみ」には千春を中心に、帳場には正吉、台所方はお晴が留守をつとめていた筈で、そうした状況で千春が誘拐されたとなると、正吉が顔面蒼白で麻太郎の許《もと》へかけつけて来たのもわかる。

麻太郎は腹に力を入れた。

「正吉君、落ついて返事をしてくれ。千春は今日、何時頃、どうやって連れ出されたんだ。或いは呼び出されたのか」

「そのどちらでもございません。千春様はお泊りのお客様と御一緒にお出かけになられましたので……」

「なんだと……」

「お名前は立花久太郎様とおっしゃいます。房州の袖ヶ浦からお出でになったお方で、なんでもお母様を探して東京へ出て来られたとか……」

「なんで千春が、あんな奴と……」

お前達がついていて、と荒い声が出そうになって、麻太郎は辛うじて自分を制した。日頃、周囲の者から若いに似ず冷静沈着だといわれている麻太郎が、千春のことになると人が変ったように逆上する。

それまで無言で耳をすませていた源太郎がさりげなく麻太郎の前へ出た。

「正吉君、その立花という客は母親を探して東京へ出て来たといったね。千春さんは一緒に出かける前に、それについて男と話していたということはないか」

「それはございませんが、手前がみて居りますのは、千春様にそのお客が新聞を広げて何かおっしゃっているのだけで……」

麻太郎が訊いた。

「なんという新聞だ」

「小新聞でございました」

明治二年になって新政府が発行を許可した新聞は最初、半紙二つ折りに木版印刷という和本のような形であったが、五年になってイギリス人J・R・ブラック主宰の「日新真事誌」、続いて「東京日日新聞」「郵便報知新聞」「朝野新聞」などが創刊されたが漢語の多い難かしい文体でもあり、一部の知識人にしか普及しなかった。それが明治七年になって総ふりがなのついた、内容もわかりやすい「読売新聞」を先頭に、「東京絵入《えいり》新聞」「仮名読新聞」などが出た。これらの新聞が知識人向けの「大新聞」に対して寸法が小さく安価であったので「小新聞」と呼ばれていた。

つまり、千春に客がみせていたのは、その「小新聞」のほうであったと正吉は答えた。

「今日の小新聞か」

麻太郎がバーンズ診療所の待合室をとび出して居間にいるたまき夫人に声をかけ、やがて、洋紙と活版印刷を用いた小新聞を二種類持って来た。

「たまき夫人は小新聞の愛読者なんだ」

「千春さんと客の男がみていたのが、この二つのどちらかとは限らないだろう」

と源太郎はいったが、麻太郎はすでに一枚を広げていた。

「とりあえず、これをみてみよう。駄目なら別のを買って来るさ」

正吉が麻太郎の手の新聞を眺めて呟いた。

「これのような気がしますが……」

慌しく三人の男の視線が一枚の新聞紙の上を走り廻る。

たいした記事があるわけではなかった。

何月何日から、日本橋のなんという店で大売り出しをするとか、誰それの娘の婚礼の当日、花聟の妻と名乗る女が現われて大騒動になったなどというのが絵入りで掲載されている。すみからすみまで眺めて結局、もう一枚の新聞に代えた。こちらも丁寧に読む。

源太郎が出て行った。どこを廻って来たのか、帰って来た時は現在、発刊されている小新聞のすべてを入手して来た。

それらを読み終えたのが午後十時に近かった。

「わたしは出かけるよ。三更までに九段坂上へ行かねばならない」

三更は真夜中の十二時であった。

「今夜は源太郎君の所へ泊ることにする」

真夜中までバーンズ診療所の玄関の戸を施錠しないでおくわけには行かない。

だが、ざっと身仕度して麻太郎がマギー夫人に外出のことわりをいいに行くと、

「リチャードが、これを持っていらっしゃいと……」

さし出されたのはピストルであった。

「扱い方は知っていますね」

なにかいいかけた麻太郎を制した。

「あなた方の話を立ち聞きしたわけではありません。でも、リチャードも、わたしも、今夜、麻太郎が危険な所へ出かけて行くらしいのを感じ取りました。理由は、麻太郎がここへ帰って来てから、もし、さしつかえなければ話して下さい。わたし達は麻太郎の無事な姿をみるまでは眠りはしません」

渡されたピストルには銃身の上にR・Bと彫まれている。リチャード・バーンズの頭文字である。

麻太郎は弾倉を開けた。弾は完全に装填されている。

「有難うございます。おそらくその必要はないと思いますが、念のために拝借して参ります」

顔を上げ、静かに告げた。

「妹を受け取りに参るのです。私闘に出かけるわけではありません」

マギー夫人がうなずいた。

「気をつけて……」

麻太郎の背後の源太郎にいった。

「麻太郎を頼みます」

源太郎がまっすぐマギー夫人をみつめた。

「御心配なく。必ず、麻太郎君を送って来ます」

玄関を出て、源太郎がそっとバーンズ診療所をふりむいた。診療室の窓辺に三人の人影が黒く映っている。

「バーンズ家では、麻太郎君が我が子なんだね。前からそう思っていたが、今夜、つくづく思い知らされたよ」

麻太郎が友人をふりむいた。

「源太郎君と正吉君は帰ってくれ。ここからはわたし一人が行く」

源太郎が肩をそびやかした。

「わたしは見届け人だ」

「しかし……」

「それ以上いうと、ぶんなぐるぞ」

夜の中をかなりの速さで歩きながら、麻太郎がいった。

「では、とにかく、正吉君は帰ってくれ」

「かわせみ」にはるいも嘉助もお吉も帰って来る時刻ではないか、と続けた。

「お晴さん一人では、るい叔母様に説明のしようもないだろう」

正吉がかぶりを振った。

「お供をします。このまま、わたし一人が帰るわけには参りません」

源太郎が足を止めた。

「正吉君は番頭じゃないか。奉公人が主人の許しも得ず、勝手に行動してよいのか。来たければ来るがいい。但し、るい叔母様に断ってから追って来い」

肩を叩かれて正吉は今にも涙のあふれそうな目で源太郎と麻太郎をみた。

「わかりました。お許しを頂いて参ります」

そのまま、まっしぐらに大川端町の方角へ走って行く。

「あいつ、追いつく気かな」

殆んど走るように道を急ぎながら源太郎が苦笑した。

「正吉君は生一本だからな」

「馬にでも乗って来るか」

「この夜更けにか」

肩をすくめて本町通りの灯を眺めた。

「麻太郎君は、千春さんを誘拐した犯人の見当がついているみたいだな」

肩を並べて走りながら源太郎がいう。

「わかっているのは、犯人はわたしと取引をしたいと考えているのではないかということだ。千春をさらったのは、取引を有利にするためだと思う」

「立花久太郎にかかわりがあるのか」

「それしか考えられないな」

そもそも、今度の事件は、立花久太郎という若者が子供の時に別れた母親を探して東京へ出て来て「かわせみ」に宿をとった所から始まっていると麻太郎はいい出した。

「立花久太郎の母親はお菊といって、安政の大地震当時、日本橋室町にあった薬種問屋で中里屋久右衛門とその女房のおたつの間に誕生した一人娘なんだ。父親は同じく日本橋四日市町の青物問屋立花屋の次男で安之助、中里屋へ養子に入ってお菊と夫婦になり、久太郎を儲けた。けれども、安政二年の江戸大地震の折に久太郎は乳母に抱かれて逃げ、両親はその三年後の大火で消息不明、つまり、震災後、お乳母さんの弟が日本橋まで訪ねて来て調べた結果を報告したものだそうだ。で、久太郎は以来、お乳母さんに育てられた」

「悪い時代だったんだよ」

源太郎が応じた。

「安政の地震は公式記録だけでも七千人以上の死者が出たそうだし、その前の年も東海道一帯に大きな地震があって、翌日には南海道にも起っている。昔の人はあの災害が幕府の命取りになったなんぞというが、わたしが子供心に憶えているのは父が奉行所から帰るのが連日、深夜になってね。時には夜明け前に疲れ切って戻って来るのを、母が大層、心配していたものだ」

それは麻太郎にしても同様であった。

「立花久太郎がその頃、赤ん坊だとすると、今は二十二、三。久太郎の母親は生きていれば四十すぎかな」

源太郎が指を折り、麻太郎は考え込んだ。

安政の地震の頃、二十歳前後で結婚し、男児を産んだ女がその後、どうなったのか。

長助の調べた限りではどちらの実家も地震がきっかけで倒産してしまった気配が強い。

更にいえば、久太郎の父の安之助は大火の時か、或いはもう少し後かに歿っている可能性が強い。寡婦となったお菊にとって頼るべき実家も消滅していたら、どうやって暮しをたてたのか。

麻太郎の疑問に、源太郎はあっさりと、

「そりゃ房州の乳母の所へ行くだろう。そこには自分の産んだ赤ん坊がいるわけだから」

と答えたが、麻太郎はなんとなく合点出来なかった。

麻太郎がよく知っているのは、やはり旧幕時代、京橋に大きな店をかまえていた薬種問屋、千種屋である。

千種屋は江戸の他に長崎にも出店《でみせ》を持ち、当主が時代の動きに応じて、早や早やと横浜にも支店をおいた。

今となっては東京の本店と同じ規模で横浜店が繁昌している。

室町にあったという中里屋に、麻太郎は行ったことはなかったが、江戸で屈指の薬種問屋であり、高価な漢方薬を扱うことでは評判の店だというくらいは聞いていた。

いってみれば千種屋に勝るとも劣らない大商人の家に生まれ育った娘が零落したからといって気易く乳母の家へ頼って行けるかどうか、すでに赤ん坊をあずかってもらっている所へ自分までもころがり込むのはあまりにも恥かしいと考え、なんとか自分の才覚で一応の暮しをたてようと腐心するのではないかと思う。

「しかし、現実にそんなことが出来るものかな。御亭主が健在ならまだしも、大火の後、間もなく病死しているというのが本当なら、店も家財も失った上に病気の亭主を抱えてだよ。乳母日傘《おんばひがさ》のお嬢様育ちに、とてもじゃないが無理というものだ」

と源太郎は友人の考えを笑いながら、ふと花世のことを思った。

旗本の一人娘で我儘一杯に育った花世が御一新前後に遭遇した不幸は並大抵のものではなかったのを源太郎は知っている。第一、源太郎と夫婦になってからの暮しにしたところで昔とは天と地ほどの落差があるというのに、源太郎は花世が泣きごとをいうのを聞いたためしがない。

女は強いと感嘆していた源太郎は麻太郎が何かいっているのを、つい、聞き逃がした。

で、慌てて傍へ行くと、

「この道でいいのか」

と訊く。

「大丈夫だ。九段へ出るなら、北町奉行所のほうから行ったほうが早い」

自信のある返事が戻って来て、麻太郎は軽く首をすくめた。

新政府になっておよそ十年、とっくに失《な》くなっている奉行所を方角のよりどころにしている源太郎が可笑しくもあり、微笑ましかった。

源太郎は近道をたどって常盤橋へ向っている。

町屋はすでに灯が消えていた。このあたり更地が多いのは旧大名屋敷が取りこわされたままになっているせいらしい。

常盤橋からは旧江戸城のお堀沿いに田安御門へ出た。

そこに新しい建物がある。

慶応四年五月、太政官は「癸丑《きちゆう》以来、唱義精忠天下ニ魁《さきがけ》シテ国事ニ斃《たお》レ候諸士及ビ草莽《そうもう》有志」に戊辰戦争の戦死者を加えた霊を祭祀するための社建立を布告、最初に京都東山に招魂場が建設された。

明治二年、東京に遷都されると新しく九段坂上三番町の旧幕府歩兵屯所跡に東京招魂社が造営されることになり、とりあえず仮本殿と拝殿が竣工し、これまでの戦役で歿った人々の招魂式が実施され、以来、祭祀が行われていた。

その招魂社の大鳥居の前面は広場で、大祭の折に「九段馬かけ」と呼ばれる競馬の行われる馬場や相撲場までが境内地内にあった。

麻太郎と源太郎が、まっしぐらに招魂社をめざして来たのは、千春を誘拐した犯人が指定した九段坂上、騎射馬場はここに違いないと思った故である。

たどりついた境内は深閑としていた。

時刻は真夜中に近く、辺りはまっ暗で僅かに石燈籠の灯が点《とも》っているばかり、無論、参詣人の姿もない。

源太郎が提げて来た提灯の蠟燭を新しいのに取り替えた。二人の立っている所だけが闇の中に浮び上る。

「千春、どこに居る」

あたりを見廻して麻太郎が呼び、その声に応えるように、拝殿の脇から人影が近づいて来た。若い女が提灯で足許を照らすように小腰をかがめ、主人らしいのを導いている。

源太郎がその人影へ提灯のあかりを突きつけた。照らし出されたのは洋装の女であった。黒い天鵞絨の服は上半身がぴったり体に沿っていて腰から下がやや裾広がりになっている。

「やはり、貴女でしたか」

麻太郎が呟くようにいい、改めてきびしく続けた。

「妹を返して頂きたい」

「条件があります」

重い声であった。地獄の底から聞えて来るような不気味さを持つ声音である。

「承りましょう」

凜とした返事が夜の中に響いて、女が僅かばかりたじろいだ。と見て、麻太郎がつけ加えた。

「但し、大山政子ではなく、元、室町にあった薬種問屋、中里屋久右衛門の娘、お菊さんからの話とあらば、ここに居る畝源太郎君と共に先入観なしにうかがいたいと思います」

女が、いや、中里屋の娘、菊が、小さな吐息を洩らした。

「その昔、私がまだ幼かった時分、あなたによく似たお方をおみかけした記憶がございます。そのお方は正義を守り、悪にきびしく、しかもお心は晴れた青空のように澄み切って明るく、優しいと、町の人々がお噂を申し上げて居りました」

その言葉に微塵も動揺していない相手に微笑した。

「千春様はお返し致します。出来ることならそれとひきかえに、私がこの国を出て行くのを見逃がして頂きたいと申し上げるつもりで居りましたが、もう、何もいいますまい。千春様はすでに立花久太郎様とおっしゃる方と御一緒に大川端のお家へお帰りになりました」

闇が動いた。

「いいや、千春さんはわたしと一緒にここにいます」

招魂社の玉垣のところに若者と娘の姿がみえて、麻太郎は呼んだ。

「千春」

「兄様」

鉄砲玉のように千春が走って麻太郎にすがりついた。

「ごめんなさい。兄様、でも、兄様達は誤解していらっしゃいます。わたしは誘拐などされたのではありません。こちらのお客様を新聞に出ていた方の住所まで御案内しただけなのです」

立花久太郎がいった。

「その通りなのです。新聞に出ていた人が、もしや、わたしの探している母親ではないかと思い、千春さんに相談したのです。一人では訪ねる勇気がないといったわたしに、千春さんは道案内かたがたついて来て下さっただけなのです」

源太郎がいった。

「で、探していた方にめぐり合えたのですか」

久太郎が首を振った。

「違いました。そちらは、わたしの母の幼友達だとおっしゃいました。大変な仲よしで、もし一人が先に歿ったら、その人の名前を継いで自分の名前にしようと約束したと……」

「つまり、名を取り替えたということですか」

「そのようです」

「すると、君の母上は……」

「歿ったとのことです。安政の大火の時に、家族と共に……。乳母の弟が調べて来た通りだったのです」

ふっと誰もが押し黙った。

口を切ったのは麻太郎であった。

「それで、君は納得して房州へ帰るのですか」

立花久太郎が顔を上げた。

「乳母がさぞかし待ちかねて居りましょう。実はこちら様が、わたしに良い話をして下さいました。鳥の話でございます」

時鳥《ほととぎす》という鳥は何故か卵を自分の巣ではない、他の鳥の巣に産み落す。

「例えば、鶯の巣に産みますと、鶯の親はその卵を我が子と思い、大切に抱き温め、雛となった後はせっせと餌を運び、雨の日は我が体の下に抱いて寒さを防ぎ、外敵から守り通すそうでございます」

乳母がそうであったと久太郎は少し瞼を赤くしながら語り続けた。

「赤ん坊のわたしを抱いて大地震の中から逃げ、故郷へ帰ってずっと守り育ててくれました。熱を出した時は夜も眠らず、わたしの額を冷たい水で絞った手拭で冷やし続けてくれました。疱瘡を患った時は、毎夜、鎮守様へ跣詣《はだし》りをして、おかげさまで重くもならずすみました。旨いものはみな自分は食わず、わたしの喜ぶ顔をみて満足して居りました。乳母のおかげでわたしの今日があるのでございます。乳母は老いました。嫁ぎませんでしたから夫も子もございません。でも、わたしが居ります。今度はわたしが乳母の力になり喜ばせる番だと気がつきました。わたしは時鳥の子にはなりません。鶯であれ、雀であれ、わたしの親は乳母でございました。一刻も早く房州の乳母の許へ立ち帰りたいと存じて居ります」

そそくさと帰りかけるところへ、ちょうど正吉がやって来た。

「では、千春もお帰り。るい叔母様が心配なさるといけない」

人力をみつけて乗って行くようにと正吉に指図しながら麻太郎が招魂社の玉垣の外へ出て来ると目の前に人力車が二台、前後して停止すると、前の車からはるいが、後のからは麻生宗太郎が慌しく下りて来る。

こちらをみて宗太郎が笑った。

「やはり、何かあったようだな」

千春と後に続いた麻太郎をみて、るいへいった。

「どうも、おるいさんの勘が当ったようですよ。若い連中は我々に内緒でなにやら危っかしいことに足を突っ込んだとみえますよ」

「私が軽はずみでした。つまらぬことを麻太郎さんにお願いして……」

「るい叔母様のせいではありません。わたしが勝手に暴走しただけです」

申しわけありませんと頭を下げた麻太郎を眺めて、宗太郎が目を細くした。

「どうも誰かさんはどんどん誰かさんに似て来るようですね。こうしてみていると、わたし自身が二十年、いや三十年近くもの歳月を後戻りしたような気分にされてしまう」

るいが千春をみつめた。

「いけませんね。お客様の道案内はけっこうですが、こんな遅くまで、まさか迷子になっていたというのではないでしょうね」

千春が口を開きかける前に立花久太郎がるいに頭を下げた。

「すまないことをしました。なにしろ二十何年ぶりに東京へ来たものですから、見るもの聞くものが珍らしく、あっちこっち見物ばかりして御迷惑をかけてしまいました」

るいが「かわせみ」の女主人の顔で会釈をした。

「で、御見物はおすみになりましたか」

「この招魂社が最後です。恐縮ですが今夜もうひと晩泊めて下さい。明日は房州へ帰りますので……」

「勿論、お宿はさせて頂きます」

源太郎が近くの車宿へ声をかけ、人力車を呼んだ。

結局、るいと千春、それに立花久太郎、麻生宗太郎が人力に乗り、正吉がついて大川端町へ向う。

「君達はどうするのか」

宗太郎が訊き、麻太郎はいつもと同じ調子で答えた。

「こちらをお送りしてから戻ります」

るいが車に乗り込みながら、ふりむいた。

「宗太郎先生は今夜かわせみにお泊り頂きますから、よろしかったら、麻太郎さんもどうぞ……」

麻太郎が微笑した。

「有難うございますが、やはり診療所のほうへ戻ります」

「では、正吉さんにそのことを診療所へ知らせに行ってもらいます」

「恐縮ですが、お願いします」

四台の人力車と正吉が去り、見送っている麻太郎と源太郎の前に、ゆっくり菊が近づいた。

「貴方達、まだ、わたしに御用がおありなの」

「いや、お送りするだけです」

源太郎が心得て車宿のほうへ行くのを目で追いながら麻太郎に訊ねた。

「わたしにお訊きになりたいことはございませんの」

「では、一つだけ……」

どうして阮朝封を殺したのですか、という麻太郎に顔をそむけた。

「あれは阮朝封などと申す者ではありません。大山寅吉です」

「やはり、そうですか」

菊が睨むような目で麻太郎を見た。

「御存じだとおっしゃる」

「長助という男がいるのです。旧幕時代、源太郎君の父上の下で働いていた名岡っ引とでもいうような人物で、本業は蕎麦屋ですが、今も昔も、商売は悴《せがれ》や孫にまかせて源太郎君の力になっています」

「あの方、なにをなさっているのです」

「探偵です」

「おやまあ。で、貴方はお医者」

「左様です」

源太郎が戻って来た。

「車が出払っているので、もう少し待ってもらいたいそうだ」

ちらと麻太郎と菊を見くらべるようにして、また、車宿へ走って行く。

「この際、手の内をお話ししましょう。なにか間違っていたらおっしゃって下さい」

最初に調べてもらったのは大山政子という人物に関してだといった。

「きっかけは小新聞です。千春が立花久太郎君の道案内に出かけて行ったのは、久太郎君が小新聞をみて千春に何か話しかけた後だと、これはかわせみの番頭の正吉君の話です。で、わたしは小新聞を片はしから調べました。これといって思い当るような記事もなかったのですが、目についたのは大山政子に関する紹介文です。日本では珍らしい女性の金融業という……」

ほろ苦い笑いを菊が口許に浮べた。

「あれでしたか」

「新聞には大山政子の経歴をサツマオレンジで大儲けをした青物問屋の女房であったが、安政の地震でなにもかも失ったどん底から立ち上った出世物語として書いていた。勿論、店の名は伏せてあったが、知る人ならすぐわかります。サツマオレンジで評判を取ったのは四日市町の立花屋です。御一新後、政府は庶民にも苗字を、つまり姓を名乗るように指示し、その折、屋号をそのまま姓とした者は少くなかったと聞いています。久太郎君の話によると母親の生家は薬種問屋で中里屋だが、父親は四日市町の立花屋の次男で、中里屋へ養子に入ったという。では、何故、久太郎君の姓が中里でなく立花なのか。もう一つ、地震の後、お乳母さんと房州の袖ヶ浦へ行っていた久太郎君を何故、そのことを承知していた両親が迎えにも来ず、乳母にあずかってくれと手紙をよこしたか。そのあげく、お乳母さんの弟が江戸まで来てみれば中里屋はなくなっていて両親の行方も知れないという。たしかに当時の江戸は地震と大火で混乱状態にあったとは思いますが、それをさしひいても何か可笑しい。これは中里屋及び立花屋に何かが起ったのではないかと推量出来ます」

菊がもう何度目かの吐息を洩らし、麻太郎は道のむこうの車屋で源太郎がラムネを買っているのを目のすみに入れた。考えてみると今日はバーンズ診療所を出てから、食べ物はおろか湯茶さえもろくに口にしていなかった。

「麻太郎さんは、わたしが夫婦別れをしたか、夫に死なれたかとお考えになった。そこまでは具体的にあの新聞は書いていませんでしたけれど、女だてらに金貸しをしているのですから見当はつきますね。でも、あの新聞記事ではわたしの名前は大山政子でした。何故、大山政子が菊と結びついたのでしょう」

「ですから、それは長助の手柄です」

長助は阮朝封を調べたと麻太郎は話した。

「築地居留地の雑居地域に入っている陳鳳は以前からの知り合いです。長助は陳さんの清国人仲間を聞き廻って、阮朝封は清国人ではないとわかった。どうやら清国へ渡っていた日本人が清国人となって帰国した。そんなことをするのは、まず後暗い仕事をしている人間です。阮の本当の名前は大山寅吉、日本から逃げ出さねばならない理由があって清国へ渡り、そういう人間が容易に金を手にする方法、つまり阿片《アヘン》の密売人となった。寅吉は若い時分、けっこう苦み走った男前で度胸もよかったそうですね」

麻太郎が視線を上げ、菊は逸《そ》らした。

「或る程度の金を貯め、寅吉は日本へ落つこうとした。本心からいえば恋女房の傍から離れたくない。長く日本を留守にするのは剣呑と考えたのかも知れません。勿論、日本では阮朝封として暮さねば危険です。大山寅吉は殺人を犯していたのですから……」

菊から視線をはずすことなく、麻太郎は続けた。

「しかし、大山寅吉は阮朝封として殺害されました。彼は阿片中毒で、死因は何者かが寅吉の常用している阿片の量を致死量にして飲ませたせいです。たまたま、わたしは立花久太郎君の母親探しのとっかかりとして阮朝封を陳さんの案内で訪ねて行き、阮さん、つまり大山寅吉の死体を発見しました。寅吉の死体を調べたのはわたしですから、死因については今、申し上げたことに間違いはありません」

かすれた笑いが菊の口からこぼれた。

「そして、そこへわたしが来合せた」

「いいや、貴方は戻って来たのです。阿片の効果を確かめるために……」

あの時も貴方は黒の天鵞絨の服を着ていた、と麻太郎は続けた。

「今、貴方が着ているのとは、少し、型が異っていたように思いますが……」

「わたしは黒の天鵞絨の服が好きなのですよ。ここ一番、大勝負という時には必ず黒の天鵞絨の服と決めていますから……」

軽やかな声でしめくくった。

「今まで勝ち続けて自信があったというのに……貴方には通用しなかったみたい」

「それは残念でしたね」

源太郎が二人の前に立った。ラムネを三本、その中の二本をさし出しながら告げた。

「人力が戻って来たよ」

「乗って頂きますか」

但し、と言葉を足した。

「お送りする先は、とりあえず警視庁でよろしいですか、それとも……」

麻太郎が言葉を切ったのは、菊が手にしていた布袋からピストルを出してその銃口をこちらへ向けたからであった。

源太郎の手からラムネ瓶が菊のピストルへ向けて投げつけられたが、それは発射された銃弾と空中でぶつかって砕け散った。

咄嗟に麻太郎はマギー夫人から渡されたピストルをつかんだが、それを内ポケットから抜き出すつもりはなかった。

菊がピストルを握りしめたままいった。

「わたしをお撃ちになりませんの」

静かだが、堂々とした声で麻太郎が応えた。

「貴方は殺人を犯しています。しかし、貴方が殺害した大山寅吉は貴方の御主人を殺しているのです。いわば、夫の敵討ち。司法が果してそれをどのように判断するかわかりません。が、ここにいる源太郎君は目下、弁護士の卵であり、彼の先生は高名な弁護士でもあります。少しは我々もお役に立てるのではないかと考えています」

銃声が起った。

銃弾は正確に、源太郎が手にしていたもう一本のラムネ瓶だけを粉砕した。そして菊は見守っている二人の前を悠々と通り抜け、招魂社の玉垣沿いに去って行った。

## 五

三日後。

いつものようにバーンズ診療所で患者の診療をしていた麻太郎は患者に渡す内服薬の確認のためにマギー夫人のいる調剤室へ行った。そこに千春が待っていた。

「お仕事中、すみません。今日、狸穴から神林の伯父様と宗太郎小父様が私共の家へお出でになるそうです。もし、麻太郎兄様のお仕事がすみましたら、お出で頂けませんかと母が申して居ります」

ひどくかしこまった顔付でいう。で、麻太郎も大真面目に返事をした。

「診療は大体、夕方には終ります。その後、急患などがなく、バーンズ先生からお許しが頂けたら、なるべく早くに伺いますとお伝え下さい」

千春は顔を真っ赤にし、今にも笑い出しそうな表情でぺこりと頭を下げ、神妙にマギー夫人に礼をいって診療所を出て行った。

それを見送っている麻太郎に、マギー夫人が笑いながら訊いた。

「貴方、なにか悪戯をしたのですか。養父様《とうさま》からお叱りを受けるようなことを」

「いや、特に心当りはありませんが……」

「その顔は満更、憶えがないようでもなさそうですよ」

「困りましたね」

「たまには目上の人に叱られるのもよいことです。楽しみに行ってらっしゃい」

「えらいことになったなあ」

いい具合に患者がやって来て、麻太郎は調剤室を逃げ出した。

その日の診療時間が終って、幸か不幸か急患はなく、麻太郎は久しぶりに絣の着物に袴をつけて「かわせみ」へ向った。

「かわせみ」の暖簾口には千春が立っていた。

「ぼつぼつ、いらっしゃるかなと思って」

さっきから出たり入ったりして正吉に笑われていたところだと首をすくめる。

連れて行かれたのは「かわせみ」の離れで、すでに部屋の中からは賑やかな声が聞えていた。

「若先生がおみえになりました」

と千春が気取った声で取り次ぎ、部屋の中から女中のお晴が障子をあけた。

正面に神林通之進、その左に麻生宗太郎、片すみに源太郎が小さくなってかしこまっている。

「さあ、これで顔触れが揃った。源太郎君も安心して、もっと前へすわりなさい」

宗太郎にうながされて、麻太郎は源太郎と並んで通之進の前へ行き、改めて挨拶をしてから座布団にすわった。

「先に二人へ知らせておくが、昨日、大山政子、本名、大山菊と申す者が警視庁に自首して参った。幸い、その者を同行して参ったのは河内六兵衛と申し、旧幕時代は町奉行所の与力を勤めて居った。実直な人柄で今は町内の世話役などを致し人望もある由、河内が申すには大山政子の話を聞く中に、どうやら、わしに縁の深い者共の名が出て参った。河内は直ちにわしを訪ねて来て、ことの詳細を話し、少々の相談を致した故、わしは初めてこの度の事件を知ることになった」

茶を運んで来ていたるいが手をつかえた。

「先程から申し上げましたように、この度のことはすべて私が麻太郎様にお願い申したのが始まりでございます。このお二人は好んで厄介事に介入されたわけではございません」

通之進が笑った。

「実は先程から考えて居った。その昔、わしの弟は何かというと厄介事に首を突っ込んでわしをはらはらさせたものじゃ。だが、今にして思うと弟は自ら厄介事にとび込んで行ったわけではなく、厄介事が弟をめざしてとんで来る。弟が好むと好まざるとにかかわらず厄介事が弟に惚れてしがみついて来る。世の中にはそういう人間もあるのかと妙に納得させられて居るが、どうやら、麻太郎にせよ、源太郎にせよ、同じような素質に生まれついて居るらしい。今更、叱ってもこればかりはどうしようもないではないか」

麻太郎が早速、膝を進めた。

「毎度、御心配をおかけして申しわけありません。不心得は重々、承知して居ります。お叱りは改めて承ります。それはそれとして、大山政子の御処分はもう決まりましたのでしょうか」

「ここだけの話にせよ、正式にはまだ決まらぬ。其方達も知っての通り、新政府になって置かれた司法省の警保寮はもっぱら市中取り締りの役目が中心であった。三年前、警保寮が内務省に移され、漸く、犯罪捜査は司法警察、犯罪防止を主とするは行政警察に分かれて、刑罰に関しても条文が案出されつつあると聞いて居る。とはいえ、今はまだ旧奉行所の裁定を参考にしてとりあえず処分するようじゃ。それからして、大山政子の場合、殺害した大山寅吉はかつて政子の夫である中里屋安之助を薬殺し、中里屋の資産を横領した疑いが濃い。さすれば政子の寅吉殺しは夫の敵討と河内は判断したそうじゃ。ま、本来ならば死罪であろう。なれど、河内がそう判断したとあらば、とりあえず遠島と申す可能性もあろう。なにせ、司法の場も新旧入り乱れて論議されて居る御時世じゃ。それが法を犯した者にとって幸となるか、不幸となるか、わしにもわからぬ」

通之進の声音に、どこか悲壮なものが感じられて、麻太郎は黙って頭を下げた。

「かわせみ」で、あらかじめ、るいが気をきかせて呼んでおいた花世も加って、親子、娘婿の五人が晩餉の膳を囲み、その席では二度と今回の事件の話は出なかった。

久しぶりに「かわせみ」へ泊るという神林通之進と麻生宗太郎を残して、麻太郎は源太郎、花世夫婦と帰途についた。

夜はよく晴れていて、月が中天にかかっている。

橋を二つ渡った所にある稲荷社の前で源太郎夫婦と別れ、麻太郎は大川沿いの道を築地居留地へ歩いて行った。

心に浮んで来たのは立花久太郎がいった托卵の話であった。時鳥が鶯の巣に卵を産み落し、鶯はそれを我が子と思って養い育てるという。

たしかにその意味では立花久太郎は托卵の子であった。そして、麻太郎自身も生母とは六歳で別れ、その顔すらもよく憶えていない。

麻太郎が母という言葉で即座に瞼に浮ぶのは育ての母である神林香苗であった。そのことを折々、麻太郎は実母にすまないような気持になる時がある。

時鳥の母親はどのように感じるのであろうと思った。

鶯に托した卵が無事に雛となって餌を運んでくれる鶯を母と思い、愛らしい声で甘え啼きをしているのを、もし、時鳥の母親が見たとしたら。更にいえば成長した我が子を或る時、これは我が子だといって時鳥が取り返しに来たとしたら力においても理においても鶯の母親は我が子をひき止められはしない。実の親と共に去った我が子を想って鶯の母親はそれこそ血の涙を流して泣くのではないだろうか。時鳥の子も実母の許へ戻って、やはり鶯の母親を慕って悲しい声で泣くのかも知れない。

時鳥の母親にもしそうした我が子と養母の心がわかったら、どんなにつらくとも我が子を養母の許に返そうと考えるものかどうか。

ふと、麻太郎の足が止った。

立花久太郎は実母が大山政子だと気がついたに違いないと思う。

大山政子が本当の名前は菊であり、中里屋久右衛門の娘で立花屋安之助を婿にとり久太郎を産んだのは、さまざまの材料からほぼ、立証されている。当人がいくら違うといっても、いや、言えばいうほど第三者には真実が見えて来る。

同時に大山政子が最後まで立花久太郎の母ではないといい張ったのは、止むを得なかったといっても、夫を死に追い込んだ相手の妻となり禁制の麻薬によって財を成して高利貸しになっているような自分を我が子に恥じた故ではなかったのか。少くとも、立花久太郎を殺人者の子には断じてしたくない母の想いがあったのだと想像出来た。

まして、立花久太郎には自分を抱いて育て、この上もない慈愛に包んでいる鶯の母親が房州で帰りを待っている。

それがわかっている時鳥の母親は血を吐く思いで我が子と決別した。

それにひきかえ、自分の生母は、養父母によって幸せに成長した我が子の姿を草葉の蔭で見守りながら、安堵しているに違いないと思い、麻太郎は再び、天上を仰いだ。

月は光を増し、それにも負けず無数の星が輝いている。

月と星が力強く光っている道は、提灯なしでも明るい。

前方に築地居留地の門が見えて来て、麻太郎の足が早くなった。


同じ頃、大川端の「かわせみ」では、るいが庭に出て大川を眺めていた。

泊り客は神林通之進と麻生宗太郎を含めて、みな、各々の部屋でくつろぐか、寝《しん》についている筈である。

川の面に月が映っていた。

この時刻になると夜舟の通行も少い。

長いこと、この川の流れを見て生きて来たと思う。

父に死なれて、八丁堀の組屋敷を出て、ここで宿屋商売をはじめてから、どれほどの歳月が自分の上を通り過ぎて行ったものか。

大切な顔、忘れ難い顔が川波の中に見えかくれして遠ざかって行くのが、ただ、なつかしかった。

人は誰しも幸せを望んで人生を歩いている。

それでも、打ちのめされ、ふみにじられて失望や絶望に慟哭《どうこく》することなしに生涯を終えられる人は皆無であろう。

人間に与えられた最高の幸せは、どんな悲しみや苦しみも、その人が勇気をふるい起し、努力を重ねれば、いつか忘れる日が来るということではないか。そうではないと、人はとても生きては行けない。

それでも多くの人は忘れようにも忘れられない心の痛みをひっそりと抱えていて、時にはそれが生きる支えになったりもする。

人とは不思議なもの、愛《いと》しいものと水面《みなも》をみつめて胸の中でるいは呟いた。

そうした人間達を大川は長いことみつめ続けて来たのかも知れない。

目を上げれば、月明りに見る川向うの景色も、川を往く舟の形も昔とは随分、変って来ている。

江戸は人々がそれと意識するしないにかかわらず、すみやかに遠ざかって行くようでもある。

居間のほうから自分を呼ぶ千春の声が聞えて、るいはゆっくり大川に背を向けて歩き出した。

初出誌　オール讀物

「明石橋の殺人」　平成二十年十一月号
「倖宿の女房」　同　十二月号
「花世の立春」　平成二十一年一月号
「糸屋の女たち」　同　四月号・五月号
「横浜不二山商会」　同　七月号・八月号
「抱卵の子」　同　十月号・十一月号

# 花世《はなよ》の立春《りっしゅん》　新《しん》・御宿《おんやど》かわせみ

平成二十二年一月十日　第一刷

定価はカバーに表示してあります

著　者　平《ひら》岩《いわ》弓《ゆみ》枝《え》

発行者　庄野音比古

発行所　株式会社　文藝春秋

〒一〇二―八〇〇八　東京都千代田区紀尾井町三―二三
電話代表　〇三―三二六五―一二一一

印　刷　凸版印刷
製　本　加藤製本


ISBN978-4-16-328800-0
Printed in Japan